U0042734

濫情者

胡晴舫

The Sentimentalist

The Sentimentalist

Contents

當下：我與世界談的那場戀愛

（二〇一〇年版序言）

總是在最卑微不起眼的時刻。那個當下。

正從地鐵洶湧人潮掙脫上岸，轉入自家巷弄，周遭聲音倏滅，只剩下孤獨的夕陽光影，把一條日常走慣了的短巷拖得老長；回家的路，忽然，怎麼走也走不完。

也曾夜半因為無法規矩坐著聽音樂而被爵士樂酒吧扔出來，一下子來到無光街心，迎面而來是對街櫥窗那一缸沉默游泳的熱帶魚。水族館關門，車輛停泊，人們入眠，只有那缸熱帶魚不明所以，在溫帶寒夜裡兀自閃閃發亮，奮力拍打著細小魚鰭，似乎只要不停游著，終能游出那只狹窄的玻璃箱。

又或者，那種忽然遭到類似死亡滋味的安靜絕望感其實未發生在他鄉的深夜街頭，而是獨自在家等候戀人的漫長午後。空間凝結，時間靜止，時針跑得特慢，人似乎能聽見窗檯盆栽莖葉抽長時的喘息。一分鐘，彷彿一小時；一小時，感覺如半天；半天，猶如一個年、四個季。遭戀人冷落了的人身上發出不受歡迎的氣味，全世界跟著現實地遺棄了他。

那個當下。不過又一常見的簡單情境。

我卻渾身戰慄，瞳孔放大，指尖微微發顫，情感順著血管衝向每一身體末梢，軟化平時倔強的細胞，令我不得不從正在進行的人生中暫停下來，思索發生了什麼事情。

我如何解釋，除了辯稱那一刻天使觸碰了我的肩膀。

雖然，不久之後，我將會發現這類靈光閃片依然只是生命慣常手法之一。忽然片刻，神智清明，希望乍現，以為世界將有所改變——不，是我自己將有所改變——隨即，時刻倏忽消逝，周遭原封不動，世界照舊紛擾無序，人類也沒有因此變得更高尚美麗。我還是三分鐘前那頭可有可無的生物，模樣頹唐，才能普通，連影子也毫無神采。快樂，始終是人生意外，而非常態。

然而，那個當下，既是清晨陽光穿過樹梢的速度，也是秋日微風吹上身的溫度，或是街角那個人低頭輕輕旋轉鞋尖的身姿，我突地被提醒，看似疲倦而厭世的自己其實仍有愛的慾望。

即使我所活的這個時代跟我這個人都顯得那麼窩囊無能，猥瑣汙穢，不相信神也不信自己及其他人類，懷疑所有事物的真理，思考懶惰，高度自戀卻缺乏自信，害怕未來同時漠視過去，躁鬱目光明明失焦卻自以為把世間一切都冷冷看在眼裡。

每一代人都認為自己繼承了一個最沉淪的黑暗時代，四周淨是道德亂象，圭臬崩毀，人性張狂，前方看不到一點光亮；但卻也往往堅信自己活在一個最獨特的光明時代，正因為萬物頹靡不振，世道破壞無遺，因此世界終能從頭來過，任何美好都可能發生。

生命總是那麼天真，誰都以為自己是個例外，而自己所屬的年代也那麼獨一無二。

我們這個古老而疲憊的世界，恆久看起來體態蒼老，神情陰險無情，粗俗不講理，一舉一動都散發肉體腐爛已久的臭味，令人作噁。每一代新人，仗著自己形體之完美、精神之清潔、意志之堅定，充滿力量與野心，以為只要他真心愛這個世界，就能得到這個世界。

然而，世界是一頭難以馴服的猛獸，這是等到獵人老一點之後才懂的道理。明白的那一天，身上早已傷痕累累，腳步蹣跚，心智已然麻木，眼光老早憤世嫉俗。去他的世界。我只想找塊安靜林地，躺下來好好睡一覺。

當他在蓋滿濃密苔蘚的溼地上，任落葉如被褥替他保暖，浮雲躡手躡腳越過他的額頭，回憶正於此時啟動。那些失落許久的靈光斷片，逐漸像山谷清風聚攏過來，拉開他外衣一角，撩撥他緊閉的眼皮，輕拂他耳後的髮絲。那場與世界談的慘痛戀愛，點點滴滴，回流他的心海，在他腦裡恣意興風作浪。

那個當下。充滿了各種世界從不注意卻令他刻骨銘心的人生細節，都是他以一個人所能擁有的最大激情寫給世界的篇篇情詩。

誰也不能否認，他曾經那麼真心付出。即使世界從不回頭多看他一眼。

二〇一〇年二月　胡晴舫

香菸

Cigarette

有時候，我會有種感覺，我擁有一切事情的答案。就在一輛向前高速奔馳的跑車上，在一架剛剛飛入雲霧的飛機上，在一艘順流而下的小舟上，某種神秘的光影射入我的瞳孔。我以為我看見了什麼，知道了什麼，嗅聞到了什麼。我終於領悟了。而後，光線瞬間改變，一道清風拂過我的臉，一股陌生的味道飄入我的鼻子，一個聲音不遠不近地響起，我立刻又覺得我什麼都不曾理解。

跟我說再見的人，給我一個溫情的理由。他以說教口吻，說明了愛情如何像音樂附隨空氣移動。只要空氣流動，愛情就會不斷漂流，從一個地方到另一個地方，從這個人到下一個人；接受愛情的承載體有時是一個其實誰也不愛的小孩，有時是你正在寫的一本書，有時是一座只存於想像中的城市，有時是一輪正在西沉的落日，有時是一個再也難以複製的時刻。這些都會是你的情人。但不是我。他說。

而，處理這些利用空氣旅行的愛情，人必須學會的是，如何像抽香菸一樣吞吐你的愛情：當它迎面撲鼻而來時，你需要懂得敏捷而有效率地深

深吸進你的肺葉，閉上眼睛，讓尼古丁迷醉你的腦子，令你失去意識；你淺淺地，滿足地，微笑；接著，他說，你要將它吐出去。如你將愛情吸進身體時那般熱切，你必得用同等力氣去排棄它。

他沒有教會我的，是如何清除殘留在氣管裡的尼古丁。這些緊緊黏貼在氣管內壁的毒物經年累月教我喉頭不舒服，讓我的胸口發痛，使我精神頹靡不振。我根據他所給予的提示，開始在任何空氣可能前往的地點，找尋所謂的情人。的確，線索正如空氣一樣無所不在，但，並不表示他們就是有用的線索。而且，他說，怎麼，都不再是他。再不是他。

我常常思考，愛情到了這個地步，是不是已經過分世故。人們甚至都不再允許自己哭天搶地，披頭散髮，瘦個幾公斤，失眠個幾晚，做出值得羞恥的舉動。我害怕那些美麗、充滿靈性的說法，厭惡那些廉價、一再重複的解釋，排斥那些崇高、正氣凜然的道德。一個人不一定需要被很快地安撫下來。就像一個癮君子永遠戒菸戒得心不甘情不願，即使他已經聽過幾萬遍關於抽菸的害處。

當我看見人們站在街角抽菸，坐在咖啡廳抽菸，於談話進行中抽菸，我就會想像他們在享受他們的愛情。我完全同情他們對這項樂趣的依戀。我以為他們的軟弱，正是我的軟弱。我從他們的意志薄弱認出自己的沒出息，從他們的耽溺察覺到自己的無法自拔。

我尤其欣賞從他們胸腔深處吐出來的那股白煙。一向無法被證明存在的愛情就這麼現了形，優美地冉冉升入空中。那時，我也以為，我有了一切事情的答案。

濫情

Sentimental

濫情是一種奢侈。一個人不敢過度放縱自己的感情，尤其當你希望別人尊重你的智力時。太過輕易淹沒在氾濫的情緒裡，直接露出感動的眼神，忘了考量而顯出激動的表情，那簡直就是恥辱——太過膚淺，不懂藏拙，我不過是個沒見過世面的鄉下人。

而我是如此濫情。

站在森林裡，初冬的清冷空氣撲上我的臉頰。整個人都醒了。樹木或金黃，或橘紅，或沒有顏色，因為葉子全跑到地面上，鋪滿整座山丘。空靈。這是我僅能搜到的字眼。天空灰沉，雨即刻下來了。我和旁邊的人卻一點躲雨的意思都沒有。有那麼一會兒，這個世界是寂靜的。

我甚至不害怕讓自己流一兩滴眼淚。

這是怎麼樣的感知狀態。為何能夠這麼澄淨而透明。一個人可以直接看進自己的靈魂。我有種錯覺，我從每一個經過我的人身上看見了他們的情感器官。

斜斜細雨中，情感洗淨了，健康地喘氣著，不再代表人們的交際手腕，

不再僅是廣告傳媒想要販賣的商品。情感單純地存在。笑容是真正的笑容，而不是人們想掩飾自身野心的企圖。一個人終於又能自然而然地想起一個從未實現的夢，覺得能心平氣和面對過去的戀人。濫情又可以是一種可愛的多愁善感，一種為賦新辭強說愁的浪漫，一種青春回籠的微醺，而不是讓人難受的俗世寂寞。

濫情需要條件。沒有情境，沒有心緒，沒有時間，濫情顯得虛假而造作。像一頓為吃而吃的晚餐，毫無快感，只是徒然讓人胃部不舒服。假設，一個人在世上所能享用的感動次數跟性高潮都是有限的，你當然不希望將這些寶貴機會浪費在一罐很快用完的身體乳液、一本作者極度自戀的小說或一段粗糙愚笨的音樂錄影帶上，只因別人需要你的金錢或你的崇拜。為了保護你珍貴的情感，不受無謂的撥弄，你學會冷漠，對很多事物嗤之以鼻。能夠不用正眼瞧的人，就儘量由鼻孔看出去。你不知道這個世界究竟想從你這邊要些什麼，你不願意也不耐煩去理解這些亂七八糟的細節。你真心渴望一個真正的情感機會，小心翼翼為自己的精力塗上防腐劑，期待

在一個對的時刻遇見一個對的人，還能全力一搏，毫無保留。

而，那個情感機會往往不曾到來。我們卻一直活下去。周圍那些小丑總是不放過我們，始終堅持在我們的心靈上摩擦著，以為這樣我們就會感激他們豐富了我們的生命。

可以暫時忘了那個永恆的期待，而盡情浪費情感在這片充滿詩意的森林，是一種幸福。那些講究外交辭令的聚會，那些需要距離的友情，那些擾人心煩的廣告宣傳，全部，消散在落葉的芬芳氣味中。你只管拚命揮霍自己的情感。快樂，恣意，無須顧慮後果。你是世界上最富有的那個人。

Secret

秘密有個別名，稱作新聞標題。

越缺乏道德的一個年代，越提倡道德的重要性，就像皮膚越差的女人越注重保養是一樣的道理。當隱私權這個概念發明出來的時候，正標示了隱私似一個逐漸蒸乾的湖，即將從世上消失。

成為新聞標題的前提是我們正在談論的那件事必須是個秘密。如果你特別提醒，這件事是秘密，要千萬緘口，那麼，明天我就能在報上讀到你的消息。

秘密，是人際關係的私生子。那個不被承認、難以正大光明走在街上的孩子。當他出現在眾人面前，每一個人都覺得刺目，因為他提醒所有人關於拒絕這件事情。不管此刻，我如何拉著你的手，溫柔地親吻你，把你的名字刺青在我的臀部，虔誠地跪在你面前地上將我自己奉獻給你，若我心中隱藏了一絲秘密，在某種意義上，我依然排拒了你——我隱匿了最後也可能是最重要的一條線索，阻止你順暢無阻地讀取我全部的檔案。那對愛是多大的殺傷力，對好奇心是多可怕的挑戰。人們日日夜夜，坐立難安，

彼此提防，社會就這麼僵滯如一條找不到適當出海口的河流，哪兒也去不了。

這個世界於是鼓勵坦白，鼓勵誠實，鼓勵溝通——啊，溝通，神奇的字眼，彷彿只要真心誠意開誠布公，人類必定能互相理解，擁抱，痛哭流涕地和解。秘密卻固執地打破了理性架構的神話，讓人類理解語言的限制，發現自己畢竟掙脫不了那些幽暗的本能，及孤獨如何成為每一個人類真正的生命基調。

害怕孤獨的人為了裝作一無所瞞，強調自己的真情真意，以爭取想像中的友誼，於是開始訴說秘密。秘密換秘密，那是朋友的定情儀式，永恆友情的結婚戒指。但是，我們不說自己的秘密，我們說別人的秘密。

訴說別人秘密是一種無本生意，同時也是一種聲東擊西的詭計，為了是保存自己的秘密。因為當所有人都忙著訴說其他人的秘密時，我自己的秘密就擺脫了被刺探的危險。就好比有時為了不讓別人找到自己的寶藏，一個人會帶頭去搶奪他鄉的寶藏，為了防止其他女孩子注意到自己鍾意的

情人，反而故意稱讚一個自己毫不欽慕的對象。

一個人想要掩人耳目，是另一個人秘密開始出土的原因。新聞，就某方面，是如此被發明出來的一種產業。在秘密工業裡，有人製造秘密，有人挖掘秘密，所有人都閱讀秘密。秘密的真假，並不重要；重要的是，秘密的距離。當秘密的主人離我們都很遠，是明星是政治人物是名流是總統，我們就能津津有味地分享，忘了彼此的窺視，用同一根麥管啜取秘密的歡樂汁液。當秘密發生於自家後院，甚至出現在你跟我，距離如此接近，近到我能在你的眼眸讀到背叛，在你的呼吸察到怒氣，在你的沉默覺到暴力。

於是，我打開一張報紙，擋在你我之間，所以我可以從新聞標題上去探索你的秘密。那最後一道被破解的心理密碼。

我，因此，對你感到前所未有的親近。

價值

Value

人生最殘酷的一刻，就是學會自己在人群中的價值。

他們為什麼不教你的東西，不只是性，還包括價值這件事。他們告訴你要愛國，引導你認識世界地理，諄諄教誨你道德的可靠，勇敢的時候會發給你保險套，談談避孕的重要。可是他們就是不教你如何檢驗自我價值的技巧。於是每一個剛出發找工作的年輕人，都在被問了一個問題，才意識到價值這件事的嚴重性。

對方問：「你要薪水多少？」

那真是這輩子面臨過最嚴酷深奧的一個哲學問題。對我而言，對方相當於問了一句，「你怎麼思考你自己的價值？」或更殘忍一點的詮釋，「你覺得你憑什麼活著，而且還想活得比其他人都好？」換成小蘇菲的問法，「你是誰？」

突然之間，整個歷史洪流、全球地圖、銀河系拉開在我的面前。我從未真正理解到自身的微不足道，直到那一刻。

哥白尼是對的，地球繞太陽而行。不是我。當然不是我。

那麼，撇開過去及未來，只談當下。現在，這個時候，居住在無邊宇宙中的某銀河系的九行星中的地球的五大洲中的一塊大陸旁的某小島的北邊城市的二百多萬人類生物中的「我」，這個東西，究竟價值多少？

首先是計算單位問題。當想到「我」，人們會說，我喜歡藍色，我個性有點急躁，我冬天上街不穿襪子也不怕冷。我有時笑有時候不笑。我崇拜肌肉型男性。卻很少人會這樣描述自己：「我」算起來相當於五個實驗室大燒杯；嗯，八百萬微生物的總和；或五桶汽油，外加一座花園，不不不，應該是九個當季搶手皮包及三雙名牌高跟鞋。

究竟什麼才是量化一個人類的適當單位？如果，身高是公分，體重是公斤，眼力是度數，交際能力是人頭數目，知識是文憑張數，才氣用斗量，腳踏實地性格與鞋子尺寸成正比，思考速度則以光年計。我是不是要回答：「因為我身高一七五公分，體重九十公斤，遠視四百度，有七個朋友，

兩張文憑，才高八斗，腳長七吋半，思考速度為一分鐘一百光年。以此推論，我應該要一個月五萬薪水。」

其實量化自己簡單，如何說服對方接受自己的結論才真令人恐懼。每一個人在自己心目中跟在他人心目的價值落差，該是每個人內心深層最害怕面對的事實。你怎麼能問一個你心愛的情人是否愛你而不擔憂對方的答案居然是否定的？其心境正如你以為你的勞動力在市場上值個月薪三萬五，結果對方說你的學歷差一點，資歷差一點，背景差一點，七折八扣下來成了二萬三，而且還要扣稅。

多少人就這麼驚恐地認知到：沒有誰，少了這個「我」不能活下去。你以為上了學，讀了書，交了朋友，有了父母，結了婚，繳了稅，穿了像樣的套裝，有一枝好筆，能用口琴吹上一曲〈綠袖子〉，就能贏得別人的敬意，在你進餐廳時為你拉開門，用一種比較不可怕的方式拋棄你，讓你位居高位、發揮長才。那你真的錯了。大大的錯了。誰說一定要到臨死前

一刻才會理解：有你、沒你，明天太陽照舊升起，世界依然運轉？

然後他們會來哄你，說只要肯吃苦，一切都不會有問題。直到忍辱負重工作一段時間後，好不容易提高身價，才又發現，價值是有相對性的，像幣值一樣，有地盤之分，還會受通貨膨脹影響。法幣很值錢，碰上了美元，得湊上個五法郎才能換人家一塊錢；美元很神氣，見了英鎊，得排排站兩個兄弟才抵一英鎊。遇上了金融危機，原本一千二換一美元的印尼盾馬上貶值成一萬三千才等於一美元。每一個人都是流浪天涯的旅人，手上抓了一疊鈔票，每跨過一條疆界，涉過一條河，登過一座山，所有家當便改變一次價值。一個身無分文的流浪漢穿過三叉路口，蓬頭垢面來到底比斯，解了人面怪獸的謎，救了整座城，娶了王后，坐上王位；日後發現自己其實殺了父親、娶了母親的伊底帕斯究竟是人民英雄還是亂倫殺人犯？

價值計算方式如此自由心證，沒有誰能回答一個中年轉行百貨業的汽車公司總經理應該擁有什麼頭銜、領多少酬勞？一個十年資歷的電腦總工

程師進了警界，可不可以當局長？年齡算是增值還是貶值？左撇子、右撇子有沒有影響？喜歡吃便當和不喜歡吃便當有差別嗎？戀愛次數多寡跟這些有沒有關係？比起貨幣，人的價值更具流動性，更不穩定。而每一個人終其一生，都掙扎於這個有價證券市場。我們渴望長紅收盤，但是套牢慘跌的機運往往躲在轉角處，隨時等著我們踏錯一步。

說穿了，歷史，就是每一個已出生和尚未出生的人類在找尋方法定義自己的價值。一座座價值體系拚了命地發現，拚了命地建立，拚了命地破壞。先是封建主義社會將每一個人的價值定得規規矩矩。有些人一生下來值五十萬英鎊，有些人值一座葡萄園，有些人值一家裁縫坊，大部分的人不過一塊現大洋。然後法國大革命發生了，打破原有制度，值五十萬英鎊的人開始認識一塊現大洋的價值。接著工業革命出現了，有些人發現自己的一條命還沒有一台機器來得重要。共產主義緊接在後頭，想要抹平價值曾經存在的痕跡，卻沒有成功。

所有人都希望能使用對自己最有利的體系來定義價值，不幸的是，個體在價值體系面前總是顯得特別弱小，特別無力。更叫人絕望的，價值的遊戲跟玩翹翹板一樣，有人上，就得有人下。世界大同是個神話。

這也是為什麼每個人都在等待一雙愛情的眼睛。期待愛情的發生，終於讓另一個人心甘情願、無條件地盲目了眼睛，看見你的絕對價值。不再透過燒杯邊緣或書籍堆積的高度，不必透過銀行存款數字，但透過情人的眼睛，看見自己終於如此晶瑩，如此神聖，如此不可觸摸。

如此不可計量。唯有那一刻，再卑微的人類也有偉大的可能。

性

Sex

性，是一個疲於奔命的推銷員。早晚在機場趕搭班機，日夜在公路上穿梭；午夜，所有人入眠休息，卻是性最忙碌的時刻。

他推銷所有東西：冰淇淋、跑鞋、手錶、鬧鐘、房地產、小說、電影、權力論、心理學、電話、化妝品、電腦、名人、馬桶、刷牙機、度假村⋯⋯。任何已經存在或將要誕生在這個地球上的商品，性都會是最勝任的推銷員。

性的歷史，如同一部封建貴族的興衰史。曾經的禁忌年代裡，他出門，前有官兵開道，手持上寫「迴避」、「靜肅」的木牌，沿路老百姓紛紛跪拜地上，垂目肅穆，絕不敢斜視偷看性的長相。現在，宮殿成了博物館，他脖子上掛著地攤貨領帶，出入一輛老爺車，穿梭衝刺於車陣中，臨到深夜，筋疲力盡回到一間簡陋公寓，喝著溫熱啤酒，回想白天每一張對他無動於衷的臉孔。

「不，謝了。我剛吃飽了。」這是人們最常對他的回應。性無法理解為什麼以前人們總是帶著哀淒的神情，千里迢迢來到他門前，懇求他的協

助；到了二十一世紀，換成性千辛萬苦來到他們門口按鈴，人們卻是敬謝不敏。

人們撫著胃部以下，傲慢冷淡地說，「不了，我剛吃飽。」

但是，一片不景氣之中，性仍是最熱門的推銷員，也是最廉價的推銷員。打開電視，翻開報章，逛個畫廊，上上市場，出門旅行，總在你想像不到的一個轉角，你會遇撞上性。

在你們寒暄分手之際，你發現，手上又多了一件其實根本不需要的商品。

名片

Name Card

如何建立關係，他的眼神透露出一種焦躁的渴望，想要在三秒鐘內與我握手。再過六十秒，他的大手就會拍上我的肩頭，用力而認真地捏住我的骨頭，經由我的肌肉疼痛傳達他的善意。隨後，他轉身，將要離我而去，我的心居然跟著跳到了喉頭，還好，他猶記得回頭給我一個溫暖的笑容。他如此有魅力。他那玻璃珠子般透明的眼睛似乎在說，別忘了我們是朋友。

他朝我的雙手頷一頷下巴，我低頭看見自己張開的手掌裡，留有他的汗水，和一張薄薄的紙片。他的名片。

一次雖說無關痛癢的見面，然而，下次撥電話，你忘了我的名字，不會是我的莽撞，卻是你的無禮。誰叫你給了我名片，你就是我的朋友。

名片是一種交情的確認。以往做朋友，需要花時間喝飲料，談談彼此居住的城市，家裡的小貓小狗，幾個孩子又幾個丈夫太太，興致一來，還得撩起 T 恤向對方展示自己最心愛的刺青。就在互相比較雷射唱盤數量、遊艇型號、襪子花色、古董手錶收藏、電影知識、愛人熱情指數之際，日

升月落，天晴雲雨，歲月如梭魚般快速游走。你們頭髮都花白，腿也抖了，齒搖腰僂，卻渾然不知自己的改變。因為有人見證過你的青春，而且不曾離開，每次見面，從對方眼睛放射出來的光彩，你總是見到那個其實早已消逝的青春自我。這個證人是你的朋友。

名片讓這麼一大套儀式得以省略。現代人要的不是友情，而是交情。友情是人生的水晶球，華麗奇妙而不實用。只能是裝飾品。交情套了友情的概念，卻更強調關係，是一碗方便的速食麵，當你無法花費時間好好烹煮一頓美味的晚餐，能快速止住你的飢餓，實際、有效率，完全不囉嗦。

名片保存了人際網絡，讓你可以打電話、寄電郵、發傳真，無需顧慮交情，就能提出天大的請求。名片也讓你與這個人的牽扯僅止於此。你能知道她是個總經理、首席顧問、自由作家、藝術創作者、大學教授、市議員、交通警察，但你不會知道她是兩個孩子的母親，五個兄弟姊妹中的老二，五歲孩童的阿姨，一隻貓的主人，法國化妝水的愛用者，日本電器的忠實顧客。你不會認識到這些資料，你也不該見到。你屬於她公共領域的

一部分。拿了名片，就是這個意思。

而我是如何懷念那些日子：當工作不是唯一的成功定義，一個人無需明顯理由，就可以輕易成為別人的朋友，不需了不起的名號，也不用絞盡腦汁帶來什麼實質好處。一個人微笑，因為他喜歡見到你；他輕拍你的肩頭，是為了留下來陪伴你，而不是為了道別離去。

Desire

那一天，慾望正在街上裸奔。毫無遮掩，一覽無遺。

也許，挑動了幾根路人的眉毛，但，那不是出自於厭惡，也不是鄙夷，更少了驚奇。那幾根眉毛的彎曲，是由於妒忌。

因為，慾望，不再是令人不快的人體分泌物，骯髒到發出亟需消滅的氣味，而是一種值得炫耀的新鮮事物。

人們炫耀慾望，就像炫耀手上的一只翡翠鑲鑽指環那般自然。好似分季上市的商品，慾望也講究流行趨勢，不同款式、材質、設計、花色，供人挑選品評，美麗的現代人得以展示他們無懈可擊的存在。

為什麼慾望曾經是邪惡的，這點已讓人弄不明白。古代人那點謹小慎微的心態，如今彷如埃及的金字塔、秘魯的巨大地畫、復活島的巨石，都成了歷史上難以解答的神秘，想來只好歸諸外星人的來訪——不，不是上帝。上帝已死，因人類的慾望而殉死於一個巨大的十字架上。

誰還為自己的慾望害羞，感到難以啟齒。真正會讓人困窘的是，你沒有慾望可以大聲嚷嚷。更大的羞辱來自你慾望的平凡。慾望的對象總是必須層出不窮，不能理所當然。當禁忌已經全部打破的時候，如何構思出令

人眼睛為之一亮的慾望對象，成為一種刺激的腦力遊戲。

甚至，慾望能不能被滿足，都已不是渴求的重點。人們窮極腦力，只為找出一種全新的慾望方式。其他人類都還想不到的慾念。他愛女人，他就愛男人；我啜咖啡，她就喝汽水；你若是喜歡剔牙，我就連牙也不刷；他打算獨身一輩子，你明天就去法院公證結婚。一條中間劃線、規定筆直的道路至此已經完全退了流行，這個世界現在需要可以任由人們選擇方向行駛的道路，向左、向右、前進、後退，無所畏懼。碰撞是為了刺激生存，感受生命。標新立異本身即是應該被推翻的生存法律。

當我把耳朵的天線打開，你就可以開始在我的耳膜輕輕敲打你的慾望。你起初將你的慾望洗乾淨，潔白如一個初生的娃娃。關於慾望，你有點猶疑不定，尤其在那一場裸奔遊戲之後。有一會兒，我聽不見你任何的動作。然後，我聽見一陣窸窸窣窣的聲音重新響起。

我轉過身來，見到你正在為你的慾望打扮，戴上一頂假髮，罩了一件洋裝，著上高跟鞋，還抹點香味。是該為慾望穿上衣服的時候了，你說。

孤獨

Solitude

孤獨不是寂寞。孤獨是午夜街角的一支菸，是暈黃燈盞下一本讀不完的小說，是做完愛情人下床離去的那一刻，是繁華宴席安靜的一角，是櫻花飄落的聲音，是夏日午後淅瀝的雷陣大雨。但，孤獨卻不是寂寞。

當寂寞散出自殺的氣息，孤獨卻讓人更懂得生的況味。孤獨的高度哲學性，跟人類的行走速度有關：不只身體上、也包括思想上展現出來的，一種對生命飽滿饜足又懶洋洋的散漫。

孤獨還意味著冷靜。保持距離的不理睬和不參與。因此孤獨是一種特權。不理會世俗的特權。你只管喝你的咖啡，穿你喜歡的粉紅色，不必假裝近視眼也可以不跟討厭的人打招呼。你甚至能出言不遜。因為你什麼都不要，所以你強壯。當所有人都忙著玩同樣的一種遊戲，你以一種詩意的方式顯得格格不入。

是的，孤獨正是一種詩意的格格不入。跟喧鬧的用飯大廳格格不入，跟新年前夕摩肩擦踵的生鮮市場格格不入，跟路邊看熱鬧的人群格格不

入，跟自己的城市格格不入，跟心愛的人格格不入，跟世道流行格格不入。深沉而優雅。絕不大張旗鼓的示威遊行，也沒有擴音器的叫嚷。

孤獨者不懂憤怒的語言，他只是踽踽而行。

記憶是孤獨的唯一伴侶。每一個孤獨的人，都懂得像收拾書桌般整理自己。孤獨訓練他重整自我、收復自我。自己是他世上僅有的親人。加拿大鋼琴家顧爾德這個孤獨者說，「一個人和其他人在一起一個小時後，就得跟自己再相處上幾個小時。」在孤獨的狀態中，人特別能感到自己的清醒，特別意識到自己的存在。孤獨越巨大，自我也越放大。你幾乎可以感覺到自己太陽穴的脈搏跳動，清楚聽見空氣從你的氣管進出你的肺部，你完全明白你活著。此時此刻。前無古人、後無來者地活著。沒有其他誰。

孤獨是一種神秘經驗。有些人有這方面的靈性向度，有些人一輩子也不信邪。大部分的人則害怕孤獨，因孤獨就是自由。會讓人飛翔的自由。但在飛起來之前，你必須放開你一向熟悉的地心引力——那個穩穩將你握在手心保護你的力量。你必須走，必須背棄，必須離開，必須自私。對所

有親愛的或衷心憎惡的說不。

因為，一旦飛在空中，全部的全部都將離得遠遠的，一切的一切都會變成看得著、摸不著。你的輕盈來自你的棄世，這是上帝要人類付出的飛行代價。

Exquisite

細緻在現代是一項不受歡迎的特質。以前，細緻代表高雅、貴氣、敏感、和耐心。現在代表這個人實在磨磨蹭蹭。不合群，且，矯情得令人不耐。

吃飯非得安靜的環境，穿衣非得某種質料，堅持卸了妝就絕對不再出門，嘴邊咖啡溫度不對就停住不喝，總是為了男伴的品味感到侷促不安。

在在顯示細緻小姐腦子中的「理所當然」是別人眼裡的「自命清高」。

二十世紀之後，每一個女性皆有自我決定權，想做什麼模樣的女人就做什麼模樣的女人。唯有細緻小姐像一頭瀕臨絕種的小型動物，帶著一種孤絕的淒美神情，來到我的面前，訴說整個環境對她的不歡迎。

從餐廳服務生、計程車司機、便利商店店員、內衣店老闆娘到巷口的林太太，所有她每天必須遇見的人，包括認識的和不認識的，必須打招呼的和可以假裝沒見過的，熟識多年的跟初次見面的，彷若一同串連起來折磨她。無論她說了什麼、要求什麼，他們一律用一種忍耐的表情看著她，要不乾脆視而不見。而她只不過是希望上菜時湯還是熱的、下車不必在

路中央、便利商店應該販賣眼藥水、買內衣時沒有人伸手入她的衣內做測量、出門不必看見一堆棄置的籐製家具……。

他們卻永遠不給她想要的。就算給，也總是默默為她的渴求打個三折。

他們對她的惡意雖散漫不經意，卻像一種慢性毒素，在暗夜裡發酵，白日陽光則更幫助加速成長。毒素一旦侵入人體，初期沒有感覺，進入中期便每天發作一次，逼著人發癲，逐漸失去理智。據細緻小姐告訴我，她已經進入末期，每隔五分鐘就會不由自主地想去死。

她拿起她那昂貴的木柄傘，準備離去。椅子勾破了她的蕾絲裙邊，嘆氣再也不足以宣洩她的沮喪情緒。菸灰缸裡躺滿長長的菸蒂，上面印著她的唇印。細緻小姐抽菸從不窮兇惡極。

Professional

上帝當年頒了十誡。說「人們一思考，上帝就發笑」的米蘭・昆德拉，提出了媒體自律的第十一誡。現在，這個人間流行第十二誡，就是「專業」。

大街小巷四處皆可看見專業先生的身影。他身穿一套剪裁合身、暗灰色的亞曼尼西裝，脖子上掛著一個進出門禁的電磁卡片，上面有他的照片和職稱。除了使用大哥大，他還會打電腦、做投影片，嘴上不時溜幾句商業英文單字。說話要不連珠砲、要不慢條斯理，總之，專業先生絕不使用正常語調。這樣才會具權威感，他說。

他最喜歡的幾個詞，是「企劃」、「創意」、「理想」、「效率」和他自己的名字——「專業」。當別人說他是「偏執狂」、「完美主義者」、「工作狂」、「瘋子」，他會露齒微笑，視為對他工作成就最大的讚美。不停的會議行程，頻繁的人際交往，一本又一本裝訂漂亮的計劃書，如此，專業先生經營他的「專業」。然而，他以「最專業」方式建造的樓房在一次颱風中倒塌下陷，三十人活埋到地底下，五十個家庭無家可歸；以「最

專業」方式設立的油廠，讓方圓二十公里的小鎮下起黑雨，動植物紛紛生病死去；以「最專業」方式架設起來的網站，涉嫌侵佔他人商標版權。

但是，專業先生仍然朝氣蓬勃、虎虎生風坐在他的辦公室裡，向我大談他的夢想，和即將著手進行的各式短期計畫，包括水泥生意、電視頻道、百貨公司、電腦零件、股票買賣等。當我企圖和他討論西班牙小公園裡有一處不過三階的台階，也被仔細貼上不同顏色的磁磚，一塊塊磁磚又各有不同手繪花樣時，他完全無法理解這跟他明天要談的生意有什麼關係。

掌握大方向最重要，他說。細節不重要。

對我而言，細節才是重點。專業，其實就是一堆笨功夫。那份對仔細按部就班的不厭其煩，願意確切執行所有細節——即使是一道最微不足道的步驟。

有時候，甚至跟想像力或什麼企劃才幹沒有關係。

好比電冰箱的使用說明書。枯燥而乏味，條列式敘述無聊的使用步驟。因此沒有人在開啟一個電冰箱時，願意仔細閱讀說明書。每個人都是

買了冰箱，插上插頭，就直接放進幾個蘋果、冰上幾塊五花肉，一直用到冰箱開始漏電的那一刻，才意識到說明書的存在。上面寫著，冰箱前後須與牆壁或其他相鄰物體各隔十公分，否則冰箱會漏電。因為覺得閱讀說明書是件笨事而沒有花時間讀，結果就是，專業先生在新年前夕被他的電冰箱狠狠傷害了一下。

觸電的那一刻，他的亞曼尼西裝和印有大頭照的電磁卡片都沒有用。

專業是什麼？專業就是閱讀電冰箱使用說明書，然後照著做。就算整件事讓人覺得自己是個笨蛋。「完美來自於細節」，這句西諺說得非常專業。

表演者

Performer

媒體出現後，一種全新職業誕生。這項工作不要求學歷、不要求能力、無須參加考試，免工作經驗。有時候甚至不必長得好看。一切傳統職業的要求，在這項新領域裡，只剩推薦函和家庭背景可能還有效。來自個人能力的要求是零。

這項新職業的工作性質有點像古代劇場演員。因為表演是他們最主要的工作內容。但他們又跟演員不同：演員需要背台詞，需要長期排練，需要走台位；他們卻什麼也不需要。

人們用各式各樣的名稱叫他們，像是ＶＪ、主播、節目主持人、封面女郎、職業受訪者，或搞不清楚頭銜時，乾脆統稱為名人。

其實他們有一個正式學名：「表演者」。懂不懂音樂不重要，跑不跑新聞不重要，讀不讀經濟史不重要，最重要的是：化妝上台，微笑，博取觀眾注意力。換言之，就是表演。

表演者之於媒體，就像演員之於劇場：一齣戲沒有了他們，基本上，這齣戲就不存在。戲院可以關門，觀眾可以留在家裡。就算再有思想的導

演、再聰明的劇作家、再優秀的燈光師、再勤奮的劇務、再精鍊的製作人，都無用武之地。沒有演員，就沒戲可唱。回去吧。管你製作成本上百萬，劇本得過無數獎。觀眾不要看劇作家，或是導演，才沒興趣浪費時間在一群怪胎，自以為聰明的傢伙身上呢。

花再大的力氣跟正義女神抗議，也不能改變這個不公不義的事實：表演者永遠是第一個被看見、被記住的那個人。有時候，甚至是「唯一」的那個人。

更叫人抓狂的另一個殘酷真相是，只有他們先成功，整齣戲才有偉大的可能性。因此，其他工作人員對於這個優先性必然要低頭，高興不高興，都得收起情緒，心甘情願當個配角。配角的意思即：你最出色的成就不是塑立你自己的光芒與魅力，而是成功地烘托出某人的光芒與魅力。唯有觀眾先肯定他播報的新聞是獨家，才表示你（們）的新聞是獨家。總是先是他，然後才是你（們）。通過他的光芒與魅力，你見到你（們）前方的救贖。

他的不朽，帶動所有人的不朽。

表演者當然知道他們有這份優勢，非常清楚自己站在整齣戲成敗的關鍵點上，知道所有人都要巴結他，通過他在舞台上的肉身，得到永生。他覺得必須要對這些要求他帶他們渡過紅海的人間難民予取予求，必須要讓自己養尊處優，必須要保持外貌的完美性，隨時隨地準備上台。因此他們總是不大作什麼。也從不關心除了自身以外的世界是如何運轉的。他不讀書，不寫字，不慌張跑銀行，不提起裙角搶黃燈，不緊張時間不夠用。當所有人忙成一團的時候，你會看見表演者獨自一人在角落，氣定神閒地上妝、抽菸——他甚至不必思考，只要專心抽菸就好。

即使如此，表演者並不比其他人來得悠閒。每天起床做她自己就已經是工作了，美國名模辛蒂・克勞馥如是說。別人朝九晚五，打卡上班，表演者卻是全天二十四小時都在等待一盞銀光燈的關愛。那盞銀光燈不只在舞台上、在攝影棚內、在照相機前，還在餐廳裡、電梯裡、超市裡、計程車上、公共便器前……。荒山外海也見得到一個表演者無助地暴露在銀光燈下微笑。

大眾跟表演者之間微妙的互動就像是古代皇帝與妃子的關係。皇帝寵愛妃子，給她所有的一切，卻也控制她、監視她。他讓她知道，她今天之所以有這些珠寶華服，全是因為他的緣故。她擁有天下，乃是因為他擁有她。這就是為什麼大眾讓黛安娜成為二十世紀最耀眼的王妃，同時又要灑出無數狗仔隊記者，天羅地網包圍她，無所不用其極地窺視她，為她挑選她的衣著到夫婿。而當妃子抗拒皇帝的旨意時，悲劇的腳步聲便從深宮迴廊的另一端逼近。

大眾瘋狂愛戀表演者，同時強烈仇視著表演者。因為嫉妒。每一個觀眾都想取代台上的那個人。每一個觀眾也都認為他們可以取代台上的那個人。挑剔導演，需要文哲基礎；挑戰燈光師，要先搞懂燈軌怎麼回事。唯有批評表演者是全世界最容易的事，因為在眾人的想像中當個表演者本身就是全世界最容易的事——不需要專業知識，不需要良好教育，也不需要勤奮美德。

於是，夾帶著強大的敵意與酸葡萄心態，人們就這麼隨心所欲地使用

最表相、最膚淺、最不科學、最不嚴謹的評論方法來交談他們對表演者的觀感。隨便挑一點，任何一點，從鼻子高度、中指長度、胸部尺寸到指甲油顏色，人們都能扯上表演者的勇氣指數和智商高低。不用大演講廳，不必上法院，不必任何正式的開會場所，人們就在家裡、大街頭、小巷尾，在喝藥茶、剪腳趾甲、挖鼻孔兼看電視時，板起臉來、一本正經卻毫無根據地指控、質疑表演者的祖宗八代——雖然他們連人家的祖母也沒見過一面。

而他們是這麼喜孜孜，這麼毫無忌憚，這麼熱烈投入。最後竟發展成新世紀的全民運動，稱為「八卦」。「八卦」運動讓人間最憂苦的一張臉也漾出春意無限，讓阿 Q 大眾在幻想中得以爬上金字塔頂端，朝那個尖角吐口水。在解決民間苦悶這個層面，八卦運動讓史上所有發生過的偉大思想或社會革命都失去光環。

表演者就這樣成為八卦奠壇的祭品。再度救贖了小人物庸碌人生的貧乏可悲。他雖不願意，卻無可奈何。他沒有理由拒絕。也沒有辦法問為什

麼不是隔壁班的阿 B、而是他被選中。因為，古來，被選為祭品向來是上帝的恩寵，家族的榮耀。

表演者之所以是表演者，全靠了大眾原始無理性的熱情，如今曾經拜倒的人們紛紛從他的裙擺和褲腳下起身離去，他也只能默默承受，成為「水能載舟，亦能覆舟」鐵律的信服者。並且懷念那些星期一的上午，當所有人都急急忙忙趕著塞車上班之際，只有他一人，不疾不徐從他那張雪白大床起身，以白蘭地漱口，裹上輕柔衣料，慢步踏出時髦跑車，接受美容沙龍的特優服務和街上所有人垂涎的目光——如此刺眼，他甚至要戴上墨黑如瀝青的太陽眼鏡來防衛。因為，一個不注意，就會有人偷走他的不朽。

消費

Consumerism

根據學者專家警告，消費有害健康，可危及社會生命。

他們苦口婆心認真地勸告。買，也買不到靈魂。反倒，在掏錢的時候，一個人連自己的內在都掏了出去。「空虛」，是一個詞，「虛榮」，是另一個詞；還有，試試「痲痺」、「現實」、「貪婪」、「勢利」和「缺乏感情」，這些都是消費的副作用。

讓一個人的靈魂千瘡百孔。

他們其實是對的，也不對。他們忘記了，世上不見得每個人願意擁有靈魂。就算有，也不願意面對。你把自己從那些名牌商品中滌清了，你就得處理關於死亡、罪愆、救贖、道德的問題。你還得思索無常和不朽的意義。

最後，人們還是會買。只不過，人們不再買衣服、鞋子、汽車、首飾、照相機、掌上型遊戲機、劇院戲票，人們改買宗教、主義、學說、性、極權者演說和邪教儀式。要不然，人們的靈魂會惶惑。憂慼。恐懼。一無所靠。

像失掉了重力的太空船。在可怖的靜寂中永恆地漂流。無止境。

人類最害怕的，莫過於獨力面對自己的存在。

為了維護靈魂的健康，人類社會裡，買跟賣的關係，就像在大海裡漂浮的各色生物卵子和精子，微小，量碩，在每一處人類肉眼可見的海岸線上形成乳色帶狀水流；在人類見不到的地方，則紮紮實實佔領整個地球。默默，卻積極互相碰撞，互相結合，彼此滿足需求。有時候，一條美麗的魚長出來；有時候，意外成為水母的食物。但，買跟賣，一直在發生。

有些買賣，我們願意承認他們的價值；有些買賣，我們只是嗤之以鼻。即便是我們自己比較享受後者，也不可以堂而皇之吹捧。

比如說，一條設計美麗的上等腰帶。我們會說，美麗，但是，毫無意義。然而，一幅為了獻給上帝而繪製的二流繪畫，我們說，不錯，而且非常令人感動。

差別在於，腰帶的用途，我們懂。上帝，卻是遠超過我們的理解範圍。

必須承認，在買賣這件事情上，人類其實是一種極度現實、懦弱及貪婪的動物。我們只會對自己不瞭解的事物充滿敬意。我們讚揚大於我們自

身的力量，不見得是出自於尊敬，可能是因為害怕。而我們這麼這麼現實，有時候，我們跟所謂的上帝打交道，只不過是為了換取前往天堂的機票。

而且，我們愚蠢。我們聽不見自己靈魂的聲音。我們沒有能力處理。我們總是想用最簡單快速的方法，去解決自己靈魂的困境。

去買。

買什麼都好。一只鑽戒，一種宗教，一套黑膠太空裝，三種學說，一個領袖，幾幅畫，文章，和廟籤。

我們要靠外界來幫我們照料自己的靈魂。自己的。

聰明的人便提供服務。像開洗衣店。只要有靈魂送洗，他們就接收。洗燙熨整，一切包辦。他們掛招牌、發傳單，上媒體打廣告。他們是靈魂蒐集者。他們弄得我們的靈魂服服貼貼，一條一條掛在他們的店裡，任他們擺設，裝飾櫥窗，加開連鎖店面。

於是，社會就像一個大型的洗衣機。每一個人的靈魂就在滾筒裡攪拌翻滾。而，懂得摁洗衣機按鈕的人，有福了。

品味

Taste

突然間，地球上無論是有機物還是無機物都必須和「品味」扯上關係：辦雜誌要有品味；穿衣服要有品味；旅行要有品味；聽唱片少不了品味；賣個粽子強調有品味；人際交往也得有品味。若不懂品味，也要知道「sense」。品味是一道神奇的護身符，在世紀末重新挑選上帝子民，打造全新貴族階級。

透過大張旗鼓的包裝，用最誇張的語調複誦著，「品味」被製造、被販賣、被流通、被購買、被認定。像第三世界工廠廉價製造出來的運動鞋，量多、質粗，而且經常遭到退貨。開車上街，處處可見閃爍招牌，聲嘶力竭在黑夜呼喊，宣稱自己才是品味的「正宗」後裔。

一片混戰中，品味成為一句笑話。甚至是一句侮辱人的話。因為連一條牙膏都號稱自己「品味絕佳」之際，就如「我愛你」三個字太過輕易脫口而出，不挑地點、場合、時間或者對象，一再重複，到後來，聽的人只有受辱的感覺：「你的品味絕佳……」「什麼？你說我像一條牙膏？」

還有一個更好的例子說明當今「品味」兩字之不可被信賴程度：想想

大小選舉期間，穿梭在街道巷弄的那一輛輛宣傳車，大呼小叫地提醒你候選人的學識之淵博、問政之勤勉、品格之廉潔、理想之崇高，而且「品質保證」。別告訴我，你曾經認真對待過這些透過擴音器放大的話語。那我一定要好好善待你，因為你將是人類自有文明以來最後的思想處子。

其實，真正天真的人可能不是思想處子的你，而是那些手握擴音器的人。因為他們喊得如此慷慨激昂，彷若只要吼得大聲，多重複幾次，他們就會自動成為品味的代言人。然而，品味在生活經驗中的衰弱，正與人們對這些品味心戰喊話的厭惡成正比。

很多人想賣品味，更多人想買。有沒有品味，完全取決於一個掏錢的動作。都忘了品味怎麼來的，又究竟對人類生活有什麼用處。過去，品味代表生活智慧和美學要求，現在竟簡化成餅乾禮盒該包裝十八層還是十六層的問題，或者複雜至牽涉道德層次，只要某人沒有品味，那麼，絕對是一無可取。比犯了綁架罪還該感到羞恥。

但，見到全身隆重華貴的男人女人們，帶著迷濛憂鬱眼神，像一幅畫

似地坐在書店的咖啡座裡，吞吐雲霧間，話題三句不離自己，卻從來沒說出個道理，進出電梯從不讓人，路上能欺負幾個算幾個，除了能讓他名利雙收的事情，對其他都沒有敬意：這個時候，你應該理解到：品味，已經是一組髒字。

外遇

Affair

外遇，像是 A 型感冒，來的時候任誰也擋不了。

而且，無聲無息，毫無警訊。有時候，另一半出門不到十分鐘，就在巷口 7-ELEVEN 吸進感冒病菌，並且決定背叛你。換做你出門，同理亦可證。

別以為不是所謂主流的異性戀者，就能避開這種陳腔濫調。病菌想要感染對象時，是不分黨派、不分階級、不分種族、不分性向、不分時空、不分性別的。任何人，只要是有了固定伴侶的人——即使交往不到一個月，都可能遇上。機率可能是百萬分之一，也可能是百分之一萬。沒得準。就像為什麼有些人天冷穿無袖背心沒事，有些人只不過站在大樓空調送風口就連打噴嚏，中間絲毫沒有道理可言。跟個人體質有關。

吃維他命 C、多喝水、少出入公共場所還能夠預防感冒，卻不能阻止外遇的來勢洶洶。好處是，外遇發生時當真如感冒一般，雖然身心不好受，痛苦萬分，但絕對沒有立即致命的危險。

然而，千萬不要把理性當作阿斯匹靈，以為一杯水服下，就沒人會受

傷害。

事情來的時候，最沒有用的就是理性。因為外遇本身就是一項非理性的行為。當初如果夠理性，那個人就不會什麼都不顧地離去，而被留下來的另一個人則情緒波動，嫉妒揪心，要求他講理是世上最殘忍的一件事。再者，愛情這件事原本就是主觀感受，發不發瘋，不靠邏輯說服。所以，什麼女性主義、水力學定律、資本主義、或任何科學定理，屆時通通得站一邊去。所有的真神或佛陀，要是可以讓奇蹟出現，倒可以留下來。

當然，時代變了。外遇當事人仍舊不怎麼講究理性，看戲的人肯定是斯文多了。以前外遇發生時，前妻可以在報紙副刊上寫一封公開信辱罵負心漢，搞得對方電影也拍不下去，必須帶著新情人隱居鄉下燒玻璃，而且多年來始終只能保持情人關係，不言婚嫁。現在外遇發生時，離婚不到一年的前夫可以帶著懷孕五個月的新情人開記者會，宣稱大家都是成年人，知道自己的遊戲規則和責任；而所謂的大眾，不管真心不真心，至少表面上也跟著喜氣洋洋。

但是，觀眾斯文了，只不過表示他們如果看戲不爽，不會當下就地撒野、大爆噓聲，卻不表示他們不能拒看你的下一齣戲、冷清你的票房。因此寫書的人要期待自己的作品即將會掉出暢銷書排行榜外。平常靠唱情歌賣錢的人，最好改唱愛國歌曲，要不然就得回家去。

因為，這個社會大部分的人還是認為，感冒雖是小病，也要治好。王子和公主的童話之神聖性，不是一聲噴嚏就能震碎。

賣弄

Extravagance

賣弄可以是優雅的，也可以是粗鄙的。要訣全在力度。

賣弄高明的時候，會像煮湯灑鹽一樣、恰到好處帶出湯頭鮮味，讓平淡無奇的事物發出動人神韻：是一道不疾不徐的風，溫柔而堅定穿過高茂草陣，編織出目不暇給的圖樣；又如一隻深情款款的男人掌心，撥弄女人的烏亮長髮，讓頭髮弧度在太陽光底下閃出夜色的波光粼粼；或像曇花迷醉香味夜間爬出世居豪宅牆外，煽動路過異鄉人飽滿的鼻翼。

笨拙的賣弄卻是一道颶風，刮得草幾乎從根拔起，折斷荒地上的百年槐樹，粗暴的程度讓最冷靜的女人從椅子上跳起，令最有修養的智者破口大罵。品味低俗到連暴發戶也忍不住譏諷。

但是，好的賣弄會製造出史無前例的美學饗宴，是人類感官的至上享受。詩人戀它、畫家愛它，貴婦恨不得時間如唱盤跳針，好讓那一刻高潮不斷重複，雕刻家則將它刻在小如米粒的象牙上，供人不斷把玩回味。

每一個喜歡賣弄的人骨子裡都是敗家子。在賣弄的定義裡找不到勤儉持家的道理。明明已經倒滿瓊漿的杯子，還是要繼續倒到滿溢出來也不停止：口袋已經空了仍要下注狂賭不罷手；身上已經夠多的珠光寶氣，硬

是在出門前又多加一條鑽石腳鍊；詩裡已經有許多豐富意象，仍要精琢韻腳；已經夠繁複的雕刻壁飾，還要再鑲上奇珍殊石。賣弄的人不懂也不想適可而止。他甚至不在乎畫蛇添足。

因為，賣弄注定是一次事件，一個插曲，一次經驗，一個頓號。不是目的，不是終點。若比作愛情，賣弄不是終極戀人，卻是某一年，整個豔洋洋的夏季一直在路上與你相遇、互換眼神的那個陌生人；或在火車旅程共度三個鐘頭、連電話號碼也沒有交換的一位可愛女子；婚前最後一次獨自夜遊外出所邂逅的無名情人。它是一次調情。思想與美感的互相眉來眼去，不具目的的纏綿。它只能捕捉時光的某一刻，奔放到極致，隨即凝結在那裡。像一張靜態照片，卻不是繼續發展的動態影片。不再前進，因為它沒有明天。必須注重當下。現在。必得像個亡命分子般揮霍美感。時效短暫如午夜前必須消失的玻璃舞鞋。只求一夜絢爛。

一個完美的揮別手勢，一次優雅的旋轉身姿，一句恰到好處的挖苦，一趟追逐快感的速度之旅。賣弄從不為什麼存在，賣弄只為賣弄而發生。永不嫌多。

純情

Pure Love

愛，這個字，聽起來像是封建時代的字眼；意思是，它代表了一種僵硬的意識形態。而且是已經死了的那一種。

當你試圖發音說「我愛妳」的時候，像在二十一世紀已經開始的時候聽卡本特兄妹的〈昨日重現〉；意思是，聽似熟悉柔順的旋律，其實溫情得令人發噱。

政治上曾經有個年代，我們願意為一句偉大的口號或抽象的理念熱血奔騰，喊死喊活，去上街頭、抗爭坐牢。那時，人們相信，這個世界上真的有種東西是完全超越個人生命的存在。

愛情上，我們也曾經經歷這樣的年代，當時的人可以看過了《梁山伯與祝英台》五十二次還是哭溼了手帕，十八年的等待被界定為愛情表現，與貞節無關，而故事裡的士兵為了追求公主，會在窗檯下等上九十九個夜晚。離叛親人、私奔、殉情，更是年輕愛侶動輒搬出的愛情手段。因為，我們相信，愛情，超越我們個人生命的存在。

現在，不是「愛」，而是「關係」、「性」、「誘惑」、「勾引」、

「魅力」、「保險套」、「征服」和「緋聞」。曾經覺得天經地義的事情不再理所當然，像是牽了一個女孩的手就是一輩子天長地久白頭偕老永浴愛河，已經變成天亮下了床翻臉不認帳，明日還是可以策略聯盟成為親密戰友。純粹思維論述取代一切動物本性。愛情，不再是一朵在溫熱夏夜裡綻放的玫瑰，也不會是一扇晨曦中綴滿明亮露水的窗牖，所有非理性的、物質的、本能的、天真的、愚蠢的、未經思考的、不文明的都請往後退。我要我的「愛情」，我卻不要「你」。

這樣兵荒馬亂的時代，問，你愛我嗎？

我其實問的是：愛，還存在嗎？

Immorality

不倫，就是不道德。不道德就是該吃飯時不吃飯，該睡覺時不睡覺，該上工時不上工，該談戀愛時不談戀愛，該過馬路時卻發呆、站在路中間擋路，等紅燈亮起、卻決心提腳前進。

每一個人出生之前，就已經有一套十全大法準備著伺候你的一生。每一步該走的路，都在這部大法的格子裡。想早踏或晚踏一步，無所謂；走左邊或走右邊也沒關係；重要的是，對準一點兒，別踏到格子外面去了。

從衛星圖上看過來，水藍色的地球全用格子線畫好了，在星球表面上活動的人類，溫馴地跟著這些格線活動。經度一百五十三度，緯度三十八度，帆船若不乖乖順著線走，很快就迷路了。

迷了路的帆船，自然，會受到懲罰。

不然，你讓那些默默沿著經緯度航行的船他們的自尊往哪裡擺？你置地球在這個講究均衡秩序宇宙裡的地位於何處？

別跟上帝抗辯。因為，格子不是上帝畫的。

是別人畫的。這個，別人，是誰？就是跟你一起過馬路的人。他們想

要好好過馬路，卻被你打亂了腳步。那個不過馬路而花時間發呆、等紅燈亮起後卻毅然決然提腳前進的你。

打亂腳步，是一件危險的事。要知道，腳步一亂，人的呼吸就不順暢，臉會紅氣會喘，胃會緊縮不舒服，兩條腿不聽使喚地顫抖，臀部重心再一個不穩，人，就會跌倒；在馬路上跌倒，當然，非常危險。因此，為了維護所有人過馬路的權益、自尊與安全，那個你——綠燈發呆紅燈行的你，就必須要被好好管束。好好訓練。像隻聽話的狗兒，一個命令一個動作，不多做也不少做。一聲令下，乖乖跟別人一起過馬路。

是的，跟別人一起過馬路。別淨想著自己的步調。不然，就會做出違背倫常的事情，在過馬路團隊裡造成恐慌。

所謂違背倫常的事情，以前只是讓你不要愛上自己的父母。後來連自己的表妹也不能娶。如今連喜歡螢光玫瑰色也是一件不倫的罪惡。

不倫，即是政治不正確。喜歡上不該喜歡的人，討厭上不該討厭的事情，說出不該說出的話語。一切，不照規矩來的事物，都是犯下不倫的罪

行：跟自己上司在辦公室洗手間做愛、在女同事面前說葷笑話、不去吸菸間吸菸、對西方文化過度崇拜、穿綴滿亮片的小洋裝、嗜吃白色鮮奶油蛋糕、打死不懂電腦不上網、膽敢批評法國電影、居然對布拉格三個字無動於衷、不願跟分手情人繼續友好關係、年過三十五仍無固定伴侶……。

政治正確的格子線細細密密畫滿我們的人生版圖。每一條線都彼此交錯牽引，每一個被網在格子線勢力範圍的人都或盲目或無助地被拉扯、被限制、被引導，不得不一直在格子裡打轉。這些格子線還會改變，「今日的真知灼見到了明天就成荒謬言行」。轉變的速度有時比女人身上的時尚還快速。

因為格子線是人類自己畫的。不是上帝。若格子線是上帝畫的，它們就會是真理。真理是永恆不變的。人類自己畫的，只是滿足自己的想像力和需求慾望，隨著每一代人的出生，格子線交織出來的形狀圖案就會不同。所以，曾經，紅色是適合女孩子的顏色，如今只會讓穿上它的女孩子看起來俗豔不堪，讓人留下不好印象；喝咖啡可以從傷胃轉成抗癌；偵探

小說從不入流的大眾讀物成為文學經典；而不倫，這項罪惡本身，終於也成為一種流行，一種正確，甚至是一種進步。

於是，習慣沿著舊格子線過馬路的人張大眼睛驚恐地發現：同性戀躍升為創造力的等義詞；大學生上學不上課，他們做愛；黑色網襪上了流行殿堂，不再是妓女專利；外遇不是背叛，反而是追求靈性的一種表現；緋聞不是一種恥辱，卻是成名的手段……。

對格子線一直很執著的人到現在該明瞭，格子線究竟只是格子線。畫上了，可以抹掉再畫。別人畫，你可以抹掉。別人抹掉，你也可以再畫。塗抹之間，不倫，才是一種永恆的遊戲。

格子線畢竟只是格子線，不是地球運轉的依據。千萬別太認真。

誠實

Honesty

為了生存，沒有一種生物會放棄偽裝的本能。因此，誠實被人類視為最高道德原則之一，絕非偶然。

人們相信誠實需要極大的勇氣，因為誠實是一種不設防的姿態，是一個邀請的手勢。一個誠實的人必須像藝術家安迪．渥荷門戶洞開的房子一樣坦蕩蕩，歡迎人們自由進出。一天二十四小時，他認識和不認識的各色人種，老的、小的、醜的、美的，他們觀察他、檢驗他，從他飲水的杯子飲水，用他洗澡的毛巾洗澡，拿他裝髒衣服的袋子裝髒衣服。人們知道他住在哪裡，他不知道人們住在哪裡。一天，一個莫名瘋子提槍進了屋子，射殺了安迪．渥荷。

因此，一個人只要誠實，就會顯得異常偉大。因為他在忍受隨時可能遭受攻擊、失去生命的危險，像一隻變色龍捨棄環境保護色，大膽暴露自己在叢林中的所在位置；又像太空船企業號不願啟動防護罩裝置，只為了對陌生的外星來客表示真摯的友好誠意。人們看著他，感受到自己貪生怕死的猥瑣卑鄙，不覺流下淚來。

然而，誠實，就像核子。落到好人手裡，能發電、能治病；落到壞人手裡，只會毀滅世界。

對段數最高的騙徒而言，誠實是最上乘的騙術。當無法以虛假的事實遮人耳目，唯有誠實一計能模糊他人視線，引出世人眼淚，讓他們看不清楚。

誠實不再跟個人的良知有關；而，跟別人的良知有關。本來是，因為我的良心說話，所以誠實；現在是，我誠實，所以別人的良心說話。因為我是如此如此如此地誠懇，當然他們必須理解我的原委，必須包容我的偏差，必須原諒我的錯誤。然後，成全我的心願。

因此，出軌的伴侶只不過忠於自己的慾望，所以不應受到苛責；殺人的兇手真實面對自己的兇殘罪刑，所以成為被同情的對象；做錯事的朋友非常真誠悔悟自己的人性弱點，所以值得被原諒。

慢慢地，誠實成為一種要脅方法。你開始發現有人會走到你的面前，告訴你，「我，就是這樣」，然後擺出「看你怎麼辦」的態度。而且這種「誠

實」的流氓越來越多。他們像孩童一樣玩著誰先講先贏的遊戲，總是迫不及待在見面後三分鐘內要對你表白，直接了當交代他的目的，他的動機，他的邏輯。完全不按照任何談判高手大全等書籍教導的第一原則：不到緊要關頭絕不掀底牌。他說，他確切知道自己如何欺瞞你、傷害你、背叛你，但他現在是一個回頭浪子，一個從良妓女，一個刑滿囚犯。他就這麼眼睛骨碌碌地盯著你，靜待你的反應。像一隻飢餓的狼。殘酷考驗著你那自由平權的信念。

而你，可憐的你，主張理性至上的你，在對方亮出底牌，而且擺明了不在乎輸贏、只在乎你的良心問題後，只能乖乖送出你的籌碼，低頭認輸。

誠實，的確是最好的策略。

Do's and Don't's

當我們成長到某一個階段時，「自我」這件事就變成像手淫一樣，不能隨便在公開場合做，更不能跟他人分享。還要小心留下痕跡。

比如說，不能讓別人知道你晚上睡覺還要像史努比漫畫裡的奈勒斯一般，必須抱著毯子才能邊流口水邊入眠。不能大聲說出自己其實不願意跟某些人共處一室，毫不忌諱批評他們。也不大好任性穿著拖鞋上班，在袖口繡上俗氣的斑馬圖案。總是得耐著性子聽完別人的勸告，還要表示自己一定改進。更重要的是，不可以過度炫耀自己的聰明才智，因為會有野人獻曝的危險。

你必須懂得大體。大體不是叫你肥胖自己，長成「大」大的身「體」。而是知道有一個「大」於你的身「體」的東西存在這個世界上。比你有勢力，有威力，有份量。讓人敬畏。必須聽從。

若你不肯低頭聽話，這個「大體」不見得會像阿諾一樣肌肉發達，狠命揍你一頓，從一輛急馳的跑車將你推落街頭。

不，必不是這麼粗暴無理的方式。優雅而和諧，永遠是第一守則。

像是讓你在初春時期潛入一池山潭，表面上詩情畫意，實際上水冰得

你頭皮發麻，全身打顫，下面還有無數看不見的石頭岩地在磨破你的膝肘、抵痛你的腳板。站在岸邊的人則享受醒腦涼風，欣賞花開，視你的喊救聲為對春天的頌歌——天地間一片祥和，你，又何必吹皺一池春水呢？

這，原是你的「不識大體」了。

識大體，就是有事也要裝沒事。跌倒了要懂得爬起來，五秒鐘內將外套沾上的灰塵彈掉，把不小心滑落出來的自我塞回口袋。聽到不悅的言語，則假裝在聽崑曲，有聽沒有懂，像個貴婦穩坐在五千元票價的位置上。看見別人偷情偷義偷真理，也要為了尊重他們個人的幸福與利益，將你的正義感留在家裡。

在大體的大帽子下，自我，像是一隻兔子，魔術師手勢一起一落，瞬間不見。

直到有一天，你在街上遇見那些不斷教你識大體的人，他們的自我正大剌剌在冰淇淋店裡伸出舌頭、快樂舔著巧克力聖代時，你才恍然大悟，你是世界上唯一自我被閹割的人。

Sensitivity

敏感是心靈早產兒的特質。像嬰兒提早從母親子宮出來，他們是第一批離開伊甸園的人類，是最早懂得被遺棄滋味的人類，因此他們先天的心理體質異常脆弱。

一旦被遺棄的遭遇發生在你身上，不管是最古老的人類或最年輕的人類，終究要開始學會一件事，那就是懷疑——連上帝都不能信任了，你還能信任誰？

豌豆公主不相信表面上四平八穩的床，宣稱她能感受到二十層棉被下的一顆豌豆。敏感兒則不相信任何看起來乾淨俐落的表情、手勢、宣言，他們能夠感受三十層重重疊疊話語後的意義。有時候他們的感受是對的，有時候是錯的。但是，無論如何，他們總是感受到了什麼。一個呼之欲出的東西，就藏在事物後面，像黑夜中搖動的陰影，藏在深海裡的魚，將來而未到的遠方火車。現在沒看見，不表示不存在，或待會兒不會出現。他們如此堅信著。

敏感兒沒法跟別人解釋，為什麼他們的神經長得不大一樣。有一類型

人的遭遇跟他們一樣，他們叫靈媒。不同的地方是，靈媒因為天賦異稟而獲利，敏感兒除了攪亂自己生活跟心智秩序，什麼好處都沒有。人們付錢請靈媒說話，敏感兒卻得付錢給別人，像是心理醫師，請別人來聽他們說話。

當他們說話時，聲音非常不悅耳，缺乏自信，微弱聒噪，或尖銳破嗓。另一點讓人難以忍受的是他們說話的內容，沒有條理，邏輯薄弱，難以理解。更可怕的是，一旦話匣子打開後，他們喋喋不休，永遠不知疲倦。受不了伍迪・艾倫電影的人，正因為他們沒法聽一個敏感兒說話。

他們是完美主義者，對他們而言，整個世界大有問題，因為處處都是「小」問題：水龍頭形狀像科幻電影《異形》第五集的道具、飲料杯上的小雨傘裝飾俗不可耐、計程車司機是最大宗的潛在精神病患群、所有大公司的總機小姐性生活一定都有問題……。可是他們是謹慎的思想家，因此所有問題都沒有解答：偷情不對，不偷情也不對；給小費不甘心，不給小費太小氣；非法停車不道德，不非法停車沒效率……。

在人群中，他們永遠顯得那麼猶豫不決，困惑萬分，張著驚恐大眼睛，不停盤算一個正確時間。因為他們不想在不對的時間做對的事，也不想在對的時間做不對的事。

快樂對他們而言是多麼重要。但他們始終快樂不起來。好不容易快樂起來，也往往不能持久。因為隨隨便便天外飛來一句話、打個雷、一個眼神，他們就立刻潸然淚下。難怪他們對水龍頭的形狀始終不滿意。因為他們是唯一見識過水龍頭真正長相的人。在離開伊甸園前，他們照過鏡子。

偏執

Being Peculiar

不一定擇善，但絕對固執。那是偏執的基本精神。

堅持不過馬路，因為斑馬線使她暈眩；半夜一點進了酒吧，也還是要喝薰衣草茶；盡可能逃離公共廁所；永遠不坐向北的椅子；只挑柔軟的蘋果入口；不敢讀報紙；不願對著情人落淚；一輩子拒吃便當；不選擇暗色系以外的衣服。

她說的原則，往往沒什麼道理。她卻以一個落難烈士的高貴姿態，述說著犧牲，如泣如訴。她的面容散發出一股聖者的光輝。她真以為她在創造歷史，而她說的不過是喝咖啡絕對不應該添加奶精這件事。

偏執的人難免矯情。那是她義無反顧的道路。她的天賦。她不得不刁難。沒法不變成一個婊子。不能控制地炫耀自己的品味舉止。

她不見得真有什麼想法。但她總比常人多出那麼一些渴望。模模糊糊，不清不楚。但，她，的確渴望。如此真實。如此受苦。因此，她相信她是那隻比較特別的靈魂。芸芸大眾之中那朵形狀詭異的花，縱使缺乏香味。

大部分時間，她只是孤芳自賞。在熙攘人群中昂首邁進。她真以為她是人之貴族。用一種拗扭的方式展現她的氣質。她以為她用她的方式在對抗整個世界的庸俗，激烈地想要留下一個跡印——即便她所想創造的那個傳奇，其實不過是一個笑話。

但她是這麼這麼這麼認真得一塌糊塗，我不由得收起輕浮的笑容，向她致意。

漠然

Indifference

無論如何，你總要抑制你第一份生出來的情緒。之後，更要沒有情緒。像戒掉菸癮一樣戒掉你的情緒，讓人嗅不出你情感的初始氣味。

你聽見，別人告誡你，愛恨分明不是一件健康的事。如何維持情感上的一份漠然，成為在地球上活動的最新品德。

那叫做成熟，叫做圓滑，叫做社會化，甚至有人稱讚為智慧。個人好惡，重要，也不重要：重要的緣故是因為那代表了你的情感立場，直接傳達了你的心境，某個層面，也許還代表了你的處世原則；不重要的理由則是，你的情感立場其實與世界無關，你的心境對你的現世處境也未必見得有什麼幫助。對當下必須處置的情境或那個人，你的情感是見不得人的髒衣服，必須趕緊收到角落，等風和日麗的日子來臨，才能清洗，高高掛起晾乾。

情感，屬於靈魂的部分。而現代人最討厭這類字眼。什麼靈魂，什麼潛意識，管他是靈性或萎形。全是些沾灰的庸俗字眼，未進化的證明。

最安全的，莫過於保持冷漠。那是一種中立，不準備歸屬於任何群體，

當然也不打算付出代價。他只要照顧自己。一切都刮得乾乾淨淨。就算經過一條戰爭正如火如荼進行的街道，受傷的肢體、痛苦的表情、斷裂的殘垣歷歷在目，他只是小心翼翼不惹上一滴血或一粒塵埃。他的心情不起波瀾。沒有誰能教他臉上起一條不必要的細紋。他不會為任何人任何事流淚或微笑。

他不要暴露自己的思路。如此一來，他還能躲避思考的力氣。因為，既然無須在戰爭中去辨識敵人的臉孔，他也就不必努力釐清價值觀，看仔細自身與有形或無形萬物的關係。他沒有信仰。

他只注重，他過街的身影是否能一直保持一種美麗。

世界因此為他喝采。因為他誰也不曾得罪。但，同樣，他也從未為誰付出過什麼。他整個人彷如一件買回來的新衣服，因為不捨得穿，而一直被掛在衣櫥最顯目的位置，總想著有那麼一天，一個適當的場合，這件漂亮服裝就會上場。而，這個所謂的適當場合，始終沒有出現。衣服就這麼掛著掛著，不知不覺，竟然就掛舊了。

Love

愛情讓人的身體像一塊浸飽水分的海綿。輕輕擠壓，憂傷，就會大量流出。

那些告訴你愛情會讓你快樂、懂得生命真諦的人，並沒有說出全部真相。他們沒有說出那個簡單的科學道理：一個極端，後面接著的，總是另一個極端。一個皮球在彈得老高之前，必先狠狠擊撞地面，然後，才能一飛沖天，享受幾秒鐘的高空快感。就在你以為快要可以伸手觸到潔白雲端之際，你已經在往下掉落。以比飛上去速度更快的速度，向下墜落。

來不及暈眩，親愛的，你就要粉身碎骨。

然，愛情，是人類唯一知道的飛翔方法。無須翅膀，不必機器，也不用祈禱神的幫助。只要遵守那個古老的科學原理，準備好承受撞擊地面那一刻的衝擊力。準備好鼻青臉腫，準備好摔碎你全部身心。你不在乎。為了一分鐘不到的喜悅。僅僅。

雖然，接下來的大部分時間，你都會用來哭泣。撫著身體的疤痕，抗議。而，當初愛上的那個人已經離去，四周沒有誰能聽見你的聲音，你只

能喃喃對著不該下雪而下雪的四月天、或想搭乘卻被搶走的一輛計程車背影，皺著眉頭，蜷縮著身子，痛苦地詛咒不已。路過的人以為，你不過又是一號被現代生活逼瘋的人物。

最難受的，竟不是被當作一個瘋子，也不是那龐大到如一塊黑布、密密籠罩你整個生命的悲傷，而是那份渴望。仍然想要飛翔的渴望。日日夜夜，從不疲倦地騷擾你，燃燒你，逼你屈服。

那份慾念在體內膨脹得如此熾熱，如此嚇人，一個擁有正常理性的人類幾乎都覺得羞愧起來。為什麼一定要愛人，又一定被愛呢，一旦牽扯上了生物的交配本能，高等的腦袋就無法不去嫌惡自己的原始。

這就是愛情使人哀傷的原因。很多時候，你以為自己是一個能夠飛翔的人類，其實你一直站在原地，動也未動地，當一頭再平凡不過的動物。而你卻誠心誠意準備了一輩子的哀痛，只為了想像中那一分鐘不到的飛翔。

這份執著，絕不是長了一雙完美翅膀的天使能夠理解的。

惰性

Laziness

當他理解了虛無的意義，那一刻，惰性便無可救藥地進入他的生活。

只要想到：早晨自己坐著喝咖啡的那把公園座椅，晚上就被從未識面的陌生人佔據；現在居住的公寓，將來會有新住戶移入，正在親手整理的花壇，屆時將長滿雜草；巷口燒餅店老闆那對時時保持暴怒的凸眼，隨時會被便利商店工讀生青春洋溢卻不見笑容的臉孔所取代；曾經相愛至深、與子偕老的情人，而今，從來沒有如此安寧穩當地，躺在別人懷裡。

他就感到懶惰。

為了什麼？他總是如此回答生命的邀請。他看不到改變現狀的需要。他不想知道另一種可能性。這樣子很好，他以為。

進到林子裡的人，會迷惑於林間各種不同道路的選擇。要穿過結滿鳥巢的綠色洋槐樹下，還是踏經鑽石鋪陳的草坪，或者，拐越擋住去路的大岩塊……走入林子的人興奮於前面即將發生的風景。他搖搖頭，這些被好奇心搞到神智不清的人們，難道看不出這不過是一片甚至面積不大的樹林所製造出來的迷宮效果而已。

他自以為是地等在林子外，等其他人出來。他的靈魂也不打算遠行，安心在軀體裡沉睡。偶爾，他睜開眼睛，卻看不清晰。朦朦朧朧中，所謂的時間正在過去。雖然他很願意探討時間，但是，說真的，他並不清楚時間究竟是什麼東西。

他們於是給了他一個夢想家的封號。因他終日無所事事，擁有強大的憂鬱能力，和一雙始終眺望遠方的眼睛。

他們不明白，當一個所謂的夢想家，其實需要強烈的生命自覺和搶救世界的熱情。他卻一點也不具備這方面的覺悟。

他所擁有最重要的品質，就是惰性。拒絕認識，拒絕嚐新，拒絕相信，拒絕移動。他唯一看齊的對象是一尊史前石像，沉默地站立，任由時光滄桑在眼前搔首弄姿，依然堅持當個無動於衷的觀察者。

就讓心中最後一把慾火隨太陽下山熄滅吧，他無所謂。即便最親近溫柔的夜晚降臨，他也懶得招呼相談，因為他不想面臨天明之際的分離。

嫉妒

Jealousy

嫉妒起源於一道兇狠的目光，而以一種要求公平的形式出現。

因生命是如此不圓滿，我們想要的，從來不會是我們的；我們不想要的，卻溫馴地來到我們身邊，不肯離開。重點不是我擁有什麼，而是別人擁有什麼。即使我的雙手已滿，也不表示我不能嫉妒。只要別人的生命一直跟我的不一樣，那麼，我就會繼續嫉妒下去。

嫉妒者比任何一名激進共產主義分子，更強調社會公義。在嫉妒者的理想星球上，平等是獨一的道德，全部的生存條件都應該一模一樣，缺乏爭議。沒有與生俱來的美色，不能出現從天而降的財富，就連你最私密的哀愁也都不該得天獨厚。嫉妒者渴求一個平庸的世界。在這個世界裡，大家有著制服似的容貌，大同小異的腦容量，那些原本用來區別人們的行為特質，如情愛、才氣、詩意、勇氣、金錢，沒有什麼該被注意、該被討論，或該被比較的。

嫉妒者的共同特色是，他們絕口不提嫉妒這兩個字。你有時聽見一個殺人兇手大肆宣揚自己的惡行，一個水性楊花的女人毫不羞恥地炫耀自己

的淫蕩，甚至一個再老謀深算的政客偶爾也會得意忘形，吹噓自己的墮落敗行。嫉妒者的世界卻是一片寂靜。他們說，噓，輕聲，輕聲點。彷彿，嫉妒並不存在於這個世界。

不，他們不談論他們的嫉妒。相反地，他們盡可能地壓抑、掩飾，顧左右而言他。因為，拿開那些社會正義的道貌岸然，嫉妒發生的那一刻，嫉妒者已經認定自己犯了令人髮指到不可言說的罪行——即使在現實生活裡，他們什麼都還沒有做。在嫉妒者的內心深處，他們完全知道自己的嫉妒是沒有道理的，不公正的，不具邏輯的。他們充滿恐懼地理解到，嫉妒是一種真正的邪惡，因為純粹的惡意正是無需任何理由就能從事破壞的。

嫉妒更是一類激情。一個人如果不能跟自己的命運抗辯，也同樣無法與激情爭戰。激情不可能不具排山倒海的瘋狂，也不可能不帶有毀滅性色彩。像性一樣，人們也對自己的嫉妒感到害羞，難以啟齒。因為這兩項激情都能在同一張臉製造出另一張連主人自己也不識得的臉。一張嫉妒莫名的臉孔，和一張性高潮的臉孔，有著驚人的神似。

在受嫉者身上，嫉妒者找到了自己失敗的理由，因此能夠將所有關於存在的沮喪、憤懣、失望，像倒一桶陳年垃圾般，嘩啦嘩啦倒到受嫉者身上。如此做，並不見得能夠改善嫉妒者本身的處境，但，至少，他終於能擺脫對自己無能的指摘。

可是，正如所有的激情，嫉妒也只提供短暫快感，更多時候，你其實受著無可迴旋的自我折磨。嫉妒從不僅僅是一種單純的黑暗情緒，也不是對不完美的一種無言憤恨。嫉妒的可怕，在於無限度的掉落和無節制的自虐，如一場溺水的絕望掙扎，讓一個人理解到什麼叫無助，什麼叫限制，什麼叫不可自拔。陷溺於那一大片深邃無際的海洋之中，對應於你的驚慌，四周竟是絕對的寧靜。你的四肢奮力揮動，想要抓住任何東西可以阻止你無可挽救的墜落，那麼巨量遼闊的海水，卻如同鵝毛般從你指縫輕盈穿過，甚至不發出一點點輕佻的聲音。你只能沉沒，降落，任由冰冷海水迅速凍結你的感知，你卻仍感到心臟裡有一把火，在沒有空氣的海底依舊熱烈地燃燒。如此痛楚，死亡都未必能夠解脫。

你發現，在求生意志發動下，你能夠比殺人魔更冷血，比暴君更專制，比騙子更狡詐。你是惡魔中的惡魔，魔鬼行業中的佼佼者。當最受上帝寵愛的天使墮落時，他就會成為地獄的最高領袖。

嫉妒的力量在於，讓以往良善的你終於理解這個世界從不曾完美。以及，你從不曾是你以為的那般純潔。

寂靜

Silence

請原諒我的沉默。但，我無論如何無法抵抗沉默的誘惑。尤其，當我們出生在一個音樂的時代。

無色無味，虛無飄渺，缺乏實體，卻無所不在——這不是上帝的存在，我們談的是音樂。當代人類生活如同一部配好原聲帶的影片，這一秒、下一秒，那一景、這一景，音樂時時充漲著我的雙耳。只要空氣到得了的地方，音樂就與我同在。

我沒有辦法不聽見。僅那麼一刻，也好。卻不。當我搭公車，上超級市場，喝咖啡，進電梯，入辦公室，在公園，飛機上，音樂在我出沒的背景裡，點亮不同的氛圍，彷如一位世故的禮儀大師，提示我應有的心境、情緒與感動。就算去到陌生的餐廳，從食物的氣味與形狀，辨別不出這家餐廳烹調的菜色，從他們播放的音樂，我能夠恍然大悟這是一間土耳其餐廳，於是避開了手足無措的窘境。

音樂讓人不經思考，立即對情境做出反應。

我們一再討論，這是一個充滿交易的世界。人們總想要販賣，販賣商

品，販賣自己，販賣想法。都說商業是中性的，然而，購買這個動作卻充滿了情感意味。因為，那代表了你「想要」。那是一個充滿慾望、甚至擁抱希望的動作。你以為，透過擁有，你就能改善你的生活。

販賣即在撩撥你的渴望。而音樂扮演了商務催情劑的角色。音樂不只是音樂。音樂是情感。當情感被喚起，一切理性活動靜止，一個人就只是想感覺，想呼吸，想放縱。她不想再去倚靠理智去判斷，她只願像一葉小舟，任由音樂如潮汐，輕輕托動她的身體，撥弄她的感官，將她帶離那個她厭倦的人生，去到遠方一個不知名的小島。

而當她真正來到印度洋的一個不知名小島時，面對寬廣海洋，夜漸漸降臨，她的耳朵裡，仍然盈溢了美妙的音樂聲。不是熱帶魚親吻珊瑚礁岩的聲音，不是海風撩水的潮汐聲，卻是義大利情歌的旋律。她應該認為浪漫嗎？她應該覺得被愛嗎？她應該閉上眼睛，忘記印度洋裡那些繽紛旖旎的海底風光，以為自己其實是身處於地中海的一隅，就像她站在紐約第五大道，卻藉由貪婪啜飲印尼音樂，而相信自己已經到了南中國海？

事實上，我只感到疲憊。不是身體上的疲倦，卻是感官上的倦怠。經過太多遊戲、太多刺激，我的情感肌肉過度運動，至此已經完全疲累，失去了所有撼動的可能性。像一把過度彈弄的琴，無法再發出任何新音韻。光燦的月，黑暗的海，靜默的蟲，清柔的風。都，與我無關。我一點點也感受不到。

我只渴望寂靜。沒有聲音。唯有一個暫時關掉音樂的世界，一切感情才能夠恢復彈性。那麼，我們再來討論愛情。

死亡

Death

死亡曾經無所不在。進入每一間屋子，都曾有人在那個空間裡終結生命。死者的神情姿態，如本雅明所說，恰恰提醒了一種「不可遺忘」。死亡結束了生命，卻才剛剛開啟了記憶之門。透過記憶，死者依然與生者共同享有這個世界。

走在現代城市裡，死亡已經徹底被淨空。柏油路來不及敗壞，就已被重新整飭，又是一副青春鮮活的模樣；還見不到店面門可羅雀的冷清，新店家早已頂替，全新裝潢的誘惑力勾走了我望向早先店主容貌的視線；咖啡店販賣的三明治永遠是當日現做的，新鮮的麵包、嬌嫩的蔬菜，加上尚未出世的雞蛋。昨日的麵包悄悄離城，沒有道一聲再見。你甚至不該問起它的旅行計畫。因為，不讓逝者消失，是一件極不禮貌的行為。

今日的世界，容不下腐朽。所有事物都必須是堅挺的，美麗的，精神抖擻的，剛剛完成誕生這個動作的。她不容許你年華老去，即使是安安靜靜地。她要求你盡全力保存每一塊皮膚的緊繃，抑止心中每一吋想要放棄的肌肉，直到生命的最後一秒；然後，你就會跟著城裡所有不知去向的舊

貨和過期麵包，某一天，流向某個不存在於人們腦海裡的地點，迅速被集中處理。銷毀。

你沒有時間腐爛。沒有。雖然腐爛是死亡最重要的一個步驟。但是，死亡的腐敗歷程會帶來太多不受歡迎的氣味，令人作嘔不自在，而現代生者嚮往一個香氣四溢的環境。在機械不發達的年代，人類已經聞過太多屍體的味道，目睹許多殘破的廢墟，為了在墓園豎起一代比一代更多的墓碑，不得不砍下了大量樹木，企圖用木材的芬芳、泥土的氣息和墳上第一株長出來的雛菊香味，以緩慢長遠的速度掩蓋死亡無可取代的憂傷。而今，人工脫臭劑、香精、焚化爐能夠在幾分鐘內完成同樣的動作，快速消除死者殘存在世間的最後氣味。看得見，不代表真實；聞不到，卻是一種不在同一空間的確切證據。當死亡從我們的嗅覺缺席，它就越來越像是一個遙遠抽象的戲劇概念，所引發的痛苦還不如失去一枝心愛鋼筆那般真實難受。

省略了腐爛，死亡似乎就不曾完成。這正是世界所需要的：一個未曾

完整的死亡，便算不得一個真正的死亡，也就不可能再有記憶。缺乏了死亡的權威性，死者便不再為生者忌憚，人們就能痛痛快快遺忘，毫無良心不安。

與其說人們已經不懂得與死神相處，倒不如說現代人都恍如活在永恆的失憶狀態。由於欠缺一個適當的告別儀式，過去始終沒有正式的結束，現在就不能好好地開始，於是也就看不見未來。這是我們為何活得如此惶然不安的原因。而我們卻固執地認為是城裡麵包仍不夠新鮮的緣故，總是紛紛趕在麵包出爐的兩個小時內，擠向糕餅店搶購新生的麵包。隔夜的麵包，就像死去的人，一夜之間消失無蹤，且無人再問津。

城市

City

城市越來越像。除了高速公路上匆匆飛過的標示，再沒有其他訊息可以告訴旅人，他又跨過了無形界線，來到一個全然陌生的地方。

柏油路一直往前延伸。一條接著一條。接縫處如此完美，沒有任何疤痕。路，沒有了盡頭。旅程已經失去終點。

你以為你到了一個新城市，卻還是看見一樣的高架橋，一樣的大眾捷運系統，一樣的汙濁空氣，一樣的巨樓矗天。人們總是不可避免地渺小，擁擠在建築物跟建築物的夾縫處。一切都跟你昨天離開的舊城市一模一樣。

旅行過越多城市，越覺得哪裡都沒去。東方城市跟西方城市的差別，只在人種膚色與所說的語言。聽不懂的話音和不習慣的時尚，像過烈的陽光干擾我的生物系統，逼得人閉了眼簾。防禦。等待這一波煩倦的熱浪過去。

異國情調彷彿是鮮奶油蛋糕上的人工紅櫻桃，不僅俗氣且有損健康。

城市越來越像。無論怎麼努力，還是轉不過生命本質的單調和重複。逃跑已經無濟於事。從這個城市到下一個城市，總有一個同樣的我，或坐

在咖啡屋裡，或站在鮮果攤後面，或蹲在藍漆木門前，兩眼失神，惶惶失安，夢想著離開。

但是城市越來越像，去了哪裡，都好像留在原處。縱然搭了飛機、坐了船、乘了火車，跑過一處又一處海洋，越過一撮又一撮山丘，跨過一片又一片平原，最終，還是回到自己的城市流浪。

而自己的城市是一個混亂、寂寞和失落的居住空間。每一個路上行人都彷彿在尋找什麼。卻又找不著。也許找著了，人就會幸福了吧。但是，可憐的人，他們並不清楚他們在找什麼。在找一個他們曾經有過、但不知在何時失去的東西，還是覓一個未來才會發生的東西，或尋一個永遠只有在夢想才存在的東西。他們不知道。甚至不知道這個東西應該是一個人、一件事、一個物品……。

不斷旅行，進入一個城市又一個城市，卻總是在相同的空間打轉。迷路。搜尋。跟這個城市的自己相撞於街上，默默把視線落在彼此的身上，又默默移開。不吭氣地繼續上路。

而城市卻越來越像。無論走了多遠，都不曾離開。

曖昧

Ambiguity

曖昧。那些應該說而未曾說出、就算說了也等於沒說的話語，那些多餘不必要卻意義深遠的微笑，那些過分炙熱卻又躲避他人注視的明亮眼神，那些希望默默進行卻又堅持引起注意的姿態。

曖昧。

是一種不想弄明白的耽溺，一份自願糊塗的傻氣。是淘氣貓咪爪下戲耍的那團毛線球，只能凌亂而令人費解。一個人可以不斷猜測，來回踱步，如在畫布塗上油彩般，一層又一層加深加厚自己心頭的迷惑，咬禿十根指頭的指甲，都得不出任何具體結論。曖昧使痛苦成歡樂，讓過程即是結果。

喜歡曖昧的人擅長等待。他無懼青春的虛耗，只怕結束。他不要真相大白，但求儘量延遲結局的來臨。他擔心直率的告白，僅能帶來毀滅性的結尾。他寧可一直活在假設愛情尚未適當發生的期待之中，也不願真正理解對方漸行漸遠的心意。旅途上，他情願迷路，而避免抵達終點。

曖昧容許誤解，容忍拖延，寬恕懦弱。一個身處曖昧迷霧之中的人，聽信任何故事。給他再離奇古怪的說法，他也能接受。他是一名閒逛者，渴望撲朔迷離的生活色彩，痴戀於晨間將醒未醒的一雙眼皮，和情人將吻

未吻的那兩片紅唇，並為了一個不知正在進門或要出門的背影嚴重地失魂落魄。曖昧在生命留下了一大片優雅的空白，讓他能夠以午後一場寧靜的散步，代替一切事物的答案。

然而，當人類時間觀念改變的那天起，曖昧的藝術性便隨著人們等電梯的耐心，一塊兒走到了山窮水盡的末路。現在社會如此複雜：看不見來路去向的無數道路，流不盡的人群車輛，一再碰撞的際遇分合，應接不暇的新穎商品，遵守不完的社會規則……這麼許多訊號、資訊、指示，一個人的精神智力至此已經受到了太大的折磨，不勝負荷。他開始要求單純。直接。簡單。一個指令，一個動作。他想要整理他的腦子像整頓古老的運河網絡。疏通不成，他寧可將之填為平地。他僅欲看見一條大河，統一所有的河水，強壯有力地往同一方向奔去。曾經，那些拐彎抹角、甚至沒有出路的小運河，恰似情人纏繞不清的心意，令他著迷，如今只悶得他奄奄一息。

他於是希望活在一個豎起各式箭號的世界，每個箭頭都指向一個明確的方向；一切思考化約成一個按鈕，明瞭易懂，只有摁或不摁的差別；他

不期望雙向的溝通，當然更無心等待，他只想把自己的秩序丟出去讓別人遵守。

說出來的話語才算數，表達出來的情意才是真愛，究竟進入還是離開，大家趁早做個決定。沒有本質上好或壞的決定，只要時效之內做成的決定就是好的決定。

曖昧消失的世界，因簡單而顯得殘忍。凡是一秒之內無法判定黑白的情感、道德、觀念、事物，皆理所當然遭到否定，毫無轉圜的餘地。在這個新世界裡，一段感情只能是開始或結束，而不會是「正要」開始或「將要」結束。戀人的耳朵不再聽見花朵凋謝的聲音，看不見百萬種雪片的相貌，黎明黃昏都不會使他悸動。他只能愛一個人或恨一個人。他不懂得如何同時愛又恨一個人，就像他不明白為什麼天出了太陽還能下雨，微笑的臉龐竟鑲嵌著一雙悲傷的眼睛，用行動展示親密的人卻不肯開口談論愛情。

對不再曖昧的目光而言，一粒沙子，只是一粒沙子。如此而已。

叛逆

Rebel

叛逆不真的那麼膚淺。也不如染頭髮、穿件破褲子那般簡易。那些能夠安穩坐在咖啡館、或電視框子裡侃侃抒發叛逆哲學的人，其實算不得叛逆。真正叛逆者並沒有時間跟誰交代他的人生意義。

他說不出話來。因為他的喉頭正被一種無形的力量緊緊揪著。連呼吸也透不過去。他只能用憂鬱沉重的眼神，從低垂的眼皮下，迅速，給你看似有氣無力實則銳利堅硬的一瞥。而你就應該在那閃電石火的一剎那，毫不思考，幾乎是反射性動作地接住他要傳遞的訊息。

他在說，我不介意這個世界不喜歡我，因為是我先選擇不喜歡這個世界。不斷跟世界衝突，是我證明道不同、不相為謀的手段。我要劃清界線，挖好戰壕，隨時備戰，防止這個世界吞吃了我的堅持。

因同情而動容的你於是伸出溫暖的擁抱，以為你能安慰這個憤世嫉俗的靈魂。他卻無動於衷，依舊冷冷地從嘴裡吐出冰塊般的句子，彷彿人間還不夠冷漠。他說，我寧可死去也不向這個世界投懷送抱。

你問他究竟在執拗些什麼。他先是露出一絲痛苦，隨即替換上一臉鄙夷。他輕視你的缺乏慧根，但仍懷著救世主的耐心告訴你，別問他的堅持是什麼。那不是一般人可以理解的東西。你只需知道，他有剛強鬥志，就算戰到身體每一分細胞都從宇宙中消散也不情願止息。

別，別再問他的堅持是什麼。他自始至終知道沒有人會理解。他悲憤地意識自身的微不足道，卻依然打算用螳臂擋車的荒謬勇氣，去對抗一切他認為不合理的——不管那是個人，命運，還是時代。

在抗爭中，他感到孤獨。雖然孤獨是一件痛苦而難以下嚥的事實，他卻引以為豪，因為唯有這份孤獨，才能證明他清醒的存在。

就在河的另一邊，他永遠對世界束手旁觀，做出尖刻的觀察，嘲諷對岸的萬家燈火；其中，他明白，沒有一盞屬於他。但他獨自點起火炬，不懼怕黯黑寒夜，踽踽而行。

他轉身的那一刻，他聽見世界最後一聲召喚，那聲音硬如鑽石，在他

堅冰似的心上劃了一刀。鮮血立即流滿他的胸膛，傷口因寒風吹拂而更加劇痛。毅然堅決他背轉身去。

遠離，是為了讓世界發出嘆息。這個世界終究會瞭解她失去了一件珍貴的東西。因為，我不是誰，我是我。我正是她的子女。那把離家出走的火炬。

說話

Talk

有良心的旅館總是掛著小牌子告訴旅客，這個世界的水源被汙染得厲害，如果可能，請不要使用太多毛巾。有時候，我卻情願他們掛出的牌子上面寫著的不是節約用水，卻是節約用語。

大部分時候，面對世界，一個人其實沒有太多話要說。世界，雖然常常出人意表，有時又如此容易預料，有時是你自己根本沒有在思考，所以往往無言以對。然，保持沉默，卻不是一個被容許的策略。你總要說些什麼，被要求表態，擺出非常有意見的樣子，即使你的腦袋一片空白。

說話，與其說是一種生理需求，到了今日，倒不如說是出自人類自我表現的慾望，以及隨後衍生的社交壓力。說話表示親切，開放，和善，思路敏捷；不說話，相反地，代表了拒人千里，反應遲緩，城府深沉，甚至不快樂，不健康。如果你不是感冒鼻塞，又何必張了口不說話。

初次見面的人，或不太熟悉的朋友，因為彼此之間默契不夠，無法理解沉默的存在，更需要大量說話。然而，正是因為初次見面和彼此不太熟悉的緣故，所以實際上並沒有太多的共同經驗能夠當作談話的基礎。你還

是得說話。因為你不希望對方留下你閉緊嘴巴的印象，看上去好像吃不到糖果的小孩，正在暗自嘔氣。尤其，你不想他們以為你無話可說，他們可能因此推測你不是一個太有想法的人類。想法不是用來放在腦子裡的，想法是用來大聲廣播的。好比現在新聞都只能是未經任何理性消化的ＳＮＧ現場連線報導，再沒有了深度報導、或完整報導，思想在人類社交場合也成了一堆無意義的字詞組合，如一根燃燒中的蠟燭直接滴淚在水面，凝固成什麼也不是的蠟塊，除了要讓人從水裡撈出丟棄之外，其他一點作用也沒有。

可是，比較起這些被浪費了的創意想法，人們更害怕那些不該出現卻出現的沉默。在你將嘴巴張成〇字形後卻沒有蠟塊滴下來的那一剎那。你感到尷尬，害羞得厲害，甚至覺得羞愧。你的雙腳想要互相絞搓，手指頭緊張地敲打著自己的大腿。如果你站著，你就會想坐下，若是正坐著，你就希望站起來。你的眼神飄忽，嘴唇漾開一朵不自然的微笑；無話的尷尬，令你的聽力變得前所未有地敏銳。忽然之間，你聽見咖啡館裡一塊糖

正在熱咖啡裡溶解的聲音，桌上花瓶插著的那枝天鵝絨正逐漸凋謝的旋韻，天上雲朵慢吞吞拖著步移動的腳步聲，也聽到你自己和對方的心跳有些不協調地奏著單調的打擊樂，隔壁桌客人嶄新內褲與外褲雙方褲頭正在摩擦的窸窣聲，遙遠一輛公車司機的憤怒心情也進到你的耳裡。

你聽見全世界在運轉的聲音。

而，你卻，完完全全，無話可說。

空白

Void

本來走在一條四周皆風景的路上。忽然，來到一片空白。什麼時候有人來清理乾淨，動作快得見不到影。所有風景跟著心情剎時抽淨。整個人就傻掉了。

該怎麼想，要想什麼，全沒有了底。表面上似乎還快快樂樂走在人群裡，其實早就不專心做這件事情。見了人也不知道該如何自處。僅存的理智在小心提醒，別看上去像個失魂落魄的呆子。嘴皮因此咀嚼幾個無聲的句子，提起手彷彿要打招呼，眼睛的肌肉畏畏縮縮地移動。我想要微笑。

腦子硬是白茫茫，像部電腦搜尋不到記憶體。

當空白降臨時，完全沒有預警。它來來去去，如隔夜的雨，等你睡醒了，才能從溼潤發亮的地面，發覺它旅行的痕跡。此時，小時候熟記的一首歌，歌詞紛紛出走，不再回頭，留你一人苦苦思索旋律。你曾經以為刻骨銘心的戀情，就算現在對方忽然出現，投入你的懷裡，薄情的人卻已經是你，因為你表現如此困惑，又絲毫沒有表情。你就是缺乏反應。

空白的日子，最恨做決定。只有想到鐘錶機械重複運轉的畫面，才能使自己高興。滴答滴答，滴答滴答，能不能就一直這麼過下去：每天起床，

開門，走路，回家，關門，吃飯，休息。不要意外的插曲，拿開廉價的驚喜，請讓我專注於當一個無聊透頂的凡人。在那個毫不起眼的世界裡，萬物各安其位，無所謂的進步，無所謂的退步；不知過去，不想未來。如何收場的苦惱，因為失去了開始，於是如同天明之際的路燈，就算有人忘了關掉，也只能莫可奈何地慢慢讓周遭明亮的陽光吞蝕，變得看不見。

光線本身就是一種空白。光輝歲月通常事後最難回憶。空閒時刻，數螞蟻其實讓人清醒，許多意象、聲音、氣味、人影擁簇在看似清曠恬淡的心靈之上，像女人的香水味，人走了很久很遠，還生動地縈繞不去。人發光的那一段，什麼也見不著，只有大把大把不要錢的光束，瞇花了所有人的眼眸。你鎮日說話，握手，工作，駭笑交叉著冷笑地跟人交際；怎麼縮緊時間，都還是約會遲到；做得再辛苦，也必須每晚帶著工作回去；從城東到城西，由這裡到那裡，如一名過動兒般團團轉。你以為自己光芒四射。

然後，吊著你在半空的鋼絲突然就斷了。碰地。你回到地面。腦袋空空，抓不出一點點畫面。你歪頭想一想，許久，想不出個所以然。當你重新抬起頭，你看見，久違了的世界。

New & Old

新是未來的舊，舊是以前的新。新與舊，互為一體，對新舊的評比，有時候竟是一樁流行陰謀。

在一群灰撲撲、髒兮兮的舊建築之前，一個人其實是毫無感動的。他要的是重新整理過的舊。一棟經過現代手法好好翻修過的舊建築。把舊的相貌保存，填入新的內容，好似把戀愛的情境留住，然，換個全新的情人。一個所謂更適合現在自己的情人。如此，能教他痛哭流涕。因為那種感動已不僅僅是第一次墜入情網所帶來的心靈悸動，也包括發現連接過去自己的管道。透過一場似曾相識的戀愛，一個人發現的不再是當初迷戀的愛情，而是他不曾好好認識便已全然失去的自己。

新是一種創意，舊是一種正式。無論哪一個年代，舊的權威性都高過新，因為舊的背後晃動著死神的影子——在這個世上，出生固然令人歡喜，死亡卻更叫人敬畏。而，人，一開始，總不理解自己的死亡。每一代新人都只執著於盡情表現自己，看見世界這個舞台就想激動地站上去，熱血賁張，紅了眼睛，來不及去管台上還有其他演員正以最緩慢速度謝幕，

他已經以最高分貝姿態，搶了所有光彩。可是，當他要簽訂約定、要領發獎章、要一個封號，換言之，需要得到一種確認，他忽然希望採取他不久前才在台上推翻的那種表演方式。他的目光不再理睬台下那群膚淺活潑的觀眾，他們已經不再能夠取悅他了。他轉向那一堆七零八落、可憐兮兮坐在後台的過氣演員。他請求——是的，他請求——他們能夠給他一些掌聲。

新總是需要舊的認可。因為，早晚，新也會變成一種舊。當他意識到這一點的時候，他便焦慮地大聲疾呼舊的哲學、舊的價值、舊的美學。時間成為他最希望爭取的伴侶，過氣演員成為他最好的朋友，歷史成為他最渴望研讀的學問。他千方百計教育台下觀眾關於保守的重要性。

此時，有一群活蹦亂跳的年輕演員不知於何時、也不知由何處冒出，他們奇裝異服，尖聲怪叫，全然不顧人體力學原理地扭動自己的身體，竭力要發展出一套前無古人後無來者的走路方式。他們寧可像條猛獸，也不要再做人。為了創新，他們不在乎美感，只要刺點。只要能把自己像針一

樣扎進觀眾的瞳孔裡，他們願意做任何事情。

在那一片因新進角色而引起的混亂之中，一向聒噪的他反而安靜下來。他整整衣領，挺直背脊，臉色如此嚴肅蒼白，看上去幾乎是一尊蠟像般木然。周遭閃閃發光的氣氛，與他無關，他自成一個世界，一個逐漸黯淡、失去光芒的世界，正以最緩慢速度，慢慢，慢慢地，退到所有聲音均被隔離在外的舞台布幕之後。

重複

Repetition

一個人，遲早，開始學會重複。一旦重複，就必須活著接受自己的平凡無奇。而，那是何等難受的生存經驗。

無所適從，有時候是一種特殊的生命風情。你不曉得該怎麼做決定，不曉得該怎麼愛，不曉得該怎麼活下去；你掙扎，痛苦，受盡折磨，覺得自己就要瘋了。整個世界都瘋了。就在這個時刻，在你最絕望無助、以為自己是個廢人的那一刻，你總是被激出了一點點什麼：憐憫，失望，仇恨，毅力，懊悔……，就算是個半透明的情緒，你也模模糊糊感受到那是一種前所未有的激烈領悟。你覺得，在失去許多珍貴擁有之後，在失去全部自己之後，你學會了美。一個在現實確定毫無用處、卻對當時的你最真實不過的東西。

然而，擁有一個充滿戲劇性的人生其實是一項特權。能夠從驚駭中學會美的精髓的人，更是少之又少。大部分的人，只是學會重複。

重複痛苦，重複災難，重複喜樂，逐漸將自己的人生轉化成一個可以不斷套用的公式。這個公式，足夠讓所有大腦理解，又能跟其他人類比，

從中找到相通的特點。這個公式，讓我安心，覺得自己不是怪物，不是特別倒霉或是特別幸運的一個人，只是一個普普通通的正常人。這個公式，證明了我的人生與其他人沒什麼兩樣，我目前經歷的遭遇，都是一個「人」應該遇上的。

我只是在重複。無須疑懼於前面的風風雨雨。只要知道眼前這一切不過是一種永劫回歸的情境，我就會沒事。

強調重複的人，給了一個安定的理由。他說，既然身處湍急河水之中，沒有道理不順流而去。如果，人生是一成不變的沼澤，你就必須看破。不要再陷下去了。越多掙扎，只不過讓你沉淪得越快。

接著，他教我如何朝著自己的人生罵髒話，吐口水，站在橋頭，把自己的性格像丟棄一張破舊發霉的沙發般投下河水。

這些忠告都是智慧。然，當我轉過身來，與我的人生面對面時，我竟然嘲笑不下去。我只得靜悄悄地讓自己不合時宜，默默在整個行進隊伍中踏錯腳步。我呼吸著周圍的空氣，聽見遙遠地方傳來的鼓聲，一群一群雲

朵伴著飛鳥掠過我的頭頂。我感到一種神秘。有些我必須知道卻永遠不會知道的事情一直在發生。它們可能會讓世界結束，而且完全在我的控制之外。我無法阻止。但我因此感到歡樂。因為，至少，一個結束總是保證了一個開始。

Hatred

仇恨是一種習慣。完全的敵意，無可消除的憤怒，沒有道理的侮辱，都不如仇恨來得可惡。

懷有仇恨的人並不見得在生活中真正遭遇到挫折，也未必有誰對他施加了任何不恰當的暴力。他只是過度看重自己。如此看重，他因之輕蔑全世界。好消息、壞事情，到了他的耳裡，只會引起他的不以為然。那是他僅有的反應。他不能讚賞，不能反對，不能擁抱，不能唾棄。他只能不屑。

他瞧不起所有人。不需明顯理由。做得好的人提醒他生命的不公，關於過得差的人，他沒有同情，卻嫉妒對方的痛苦。

對他來說，這個世界上，只有他才能獨一無二。

而他展現獨一無二的方法，就是冷言冷語，吊兒郎當，拿一雙永遠不滿意的眼睛瞅著大家。他不想熱情似火，不願冷若冰霜；不想過度親近，又不願被忽視。他總是在說，我不舒服。那是一根深深扎進臀部的針，除了要惹痛別人，沒有其他存在的意義，而且，始終抗拒被拔走。

他不要被治療。不要被撫慰。仇恨者不懂和平，就算他從生命中得到所有他想要擁有的東西，他也不會因此懷抱一絲絲仁慈。

他肚子裡時時都像打翻了一桶苦膽汁，晦澀而難受，噁心而想吐。然，他並不想將自己從那種苦澀的境地拯救出來。他任由自己染上敵對世界的習性，如同染上菸癮。他清楚明白那是一個很不健康的癖好，但他並不想戒掉。甚至，他希望周圍的人都能嚐嚐那股陰暗的滋味。他想將黑色膽汁湮沒全世界，讓全部人的胃部均翻騰，頭暈地旋。他不需要正義，他需要的是確認別人的日子不好過。

你問他，為什麼。他聳聳肩，因為。

他不快樂，也不想快樂。他喜歡看著別人在地獄燃燒，可是他告訴你，他沒有快感。

因為他活得像個三流的偵探，總是跟在別人身後東聞西聞，對他人生活緊迫盯人。他太需要從別人身上得到可以批評的材料，以至於他忘了如何繼續自己的生活。他太忙著仇視別人，以至於最後他沒時間愛他自己。他張狂闊聲談人隱私，挖人瘡疤，接著用那可憐兮兮的口吻談論孤獨。他痛恨其他人，結果，卻花最多時間討論別人。

仇恨者終其一生詛咒別人的消失，最後真正消失的，卻是他自己。

藝術家

Artist

人人都想當藝術家。因為藝術家不僅是一份職業，一個身分或概念。藝術家是一種珍貴物種，是傳說中的獨角獸，獨特、美麗、聰明、脫俗、性感、光滑，且稀少。

一個人自稱是藝術家之後，從此他天天晃蕩，飄移，思考，令人羨慕地無所事事。沒有人會不識趣地去探究他的散漫。因為質疑獨角獸，對人類來說，是一件沒可想像的不道德行為。獨角獸是獨角獸，不是什麼別的東西，光這個事實就應該換得一切平凡生物的肅然起敬。

或沉淪，或頹靡，或卑微，或自大，或貪戀物質，或講究身段，或閃爍原則，藝術家都有很正當的理由：為了藝術。藝術，這兩個字可能是藝術家直接由摩西的那塊石碑挖來的，總是散出不能直視的聖潔光芒，神聖，不可侵犯。如神祇般高高在上的藝術家卻說他害羞無助，請求肯定，同時又看上去那麼自滿驕傲，彷彿整個宇宙都裝在他的肚裡。他抬頭挺胸，一開口，就必得要你全部的注意。即使他沉默無言，你也不能對他視若無睹。對藝術家來說，沒說出來的意見並不表示不是意見。他這個人的

存在，就是一種最強大的意見。藝術家的心靈如同一輛沿途按喇叭、喧囂過街的汽車，霸道地要求所有人的關注，即便你視其為騷擾，都不得不回頭。

而你應該要注意他的。如果你不注意他，並不是他的性靈不夠脆弱，或他的語言不夠生動，也不是因為他的創意缺乏光亮，而是你的感官粗糙原始，見不到纖細的紋路，摸不著事物的面貌，嗅不出真理的氣味，嚐不了細緻的美味。是，你不懂他，因為你是混球。因為你和你的朋友都是一群毫無鑑賞力的豬。你對他的漠不關心，足足反映了你靈性上的大黑洞。無邊無際，想要補救都毫無頭緒。

而他的冷漠，他那優雅的冷漠，比你的冷漠更龐大的冷漠，卻是地衣草上那細密緊緻的露珠，纖細到連針也無法準確刺透；唯有經過天空的靈光照射，那無可挑剔的晶瑩便在你眼前閃耀，發出詫異的美，卻冰冷，難以捉摸。

不要抱怨藝術家的排拒親近。粗魯是他的個人風格，冷淡是他的懷疑

精神，情緒化是因為他的內心始終像個孩童。藝術家不應該對人示好，也不懂體貼。他不想。因為他總是洞察到你的人性，他說。他閉上眼睛就看見你靈魂的不乾淨，和你狹隘思想團塊的形狀。他不打算幫助你。不，那是醫師和家人的職責。而他是個藝術家。他之所以還容忍你，花時間與你相處，是為了拿你的人生當作他的觀察材料，他下一部作品的主題。

他站得遠遠地，眼光顯得陌生，他說他從不是你的朋友。只有藝術才是。

想像中，他忙著評論，複製、拼湊、捏碎、剪貼一套虛擬的人生。他不會，也不能，參與任何正在實際進行的人生。如果他加入，那就不叫人生，而是作品。一場藝術的盛宴。

藝術家堅持活在這個世界裡，卻不願為這個世界負責。他的道理有點古怪，可是他不需要你真正理解他，他只要你注視他。只要一直有你在旁投以不分青紅皂白的崇拜目光，藝術家將永遠性感美麗。

Stupidity

「你應該不要太快下定論。應該讓你自己被吞沒，被推擠，被征服。容許自己暈頭轉向，然後，才來談清醒。」

「我只是一個過客，為何要付出自己。我清楚我是誰，不需別人來提醒我是誰，質疑我的價值觀，檢討我的行為。我自始至終非常清醒，立場堅定。我觀察世界，不是世界來觀察我。」

「旁觀者不急著下判斷。你想做的以及你真正在做的，其實是當一名嚴厲無情的判官。這個世界，對你而言，只有分成你經歷過和你不曾經歷過的兩個部分。而你所經歷過的那個部分，是你唯一能夠拿來做判斷的基礎。」

「對我來說，已經足夠。我不需要知道更多，因為只要看過事物的一部分，我就已經明瞭全部。」

「這就是你這種人令人氣餒的原因。你們總是自以為是。愚蠢比無知更危險，因為無知的人只是不知道，沒看見，缺乏經驗。愚蠢的人則以管窺天，還洋洋得意。勸也勸不動，說也說不聽。因為你只相信你自己。而，

我要問，你自己是什麼？」

「你想說，我什麼也不是。我真恨你這種人。你們一定要把別人貶得這麼低嗎？你們就不能讓別人對自己的存在覺得舒服，不能讓一個人對他的所見所聞感到滿意。生命一定得是可憐的、狹隘的或短促的，才可以擁有深度嗎？」

「就某個層面而言，沒錯。因為，你才能學會自己的限制，看見自己的缺失，把自己當作一個真實的人來反省。你會哭泣，難受，心碎，無法自處；你會迷失，徬徨，抓不到一個堅貞的信仰來當你的盟友。因為你舊有的世界即將粉碎，所以，你才開始思考一個新世界的可能性。」

「我發現你的觀點異常可笑。你嘲笑人類智力，以為有什麼地方我們還想不到。也許是對的。但是，我崇尚理性，相信先驗理論。你覺得我不曾跑過全世界，所以我就無法推測出全貌。你忘了人類有推理能力，和抽象的思考能力。」

「人類因為自己的好奇心與進取心，而事先描述了自己還不曾見過的

世界。然，他卻時時等待被推翻。這就是神祇與人類最大的區別。一位神，你永遠無法與之辯論，你只能屈服聽命；一個人類，你卻能夠大聲與他對話，令他心虛，感到疑惑。因為神祇太完美，你不能告訴祂一個充滿瑕疵的道理，也不能用另一個還未證實的假設去替換祂所頒布的真理。面對一個不完美的人類，你卻有機會說服他，即使只是用了一句動聽的詩句，無須舉證，不必加強語氣，就能引起他胸腔裡的那片海澎湃起浪，水花四濺。正因為人類不完美，所以他能夠相信不完美的價值，願意想像還有真正的完美默默躲在他不曾去過的地方，等待他去發掘。」

「我從來沒有說過我是完美的。」

「但你也從不曾承認你是不完美的。」

忠貞

Fidelity

「忠貞使人厭煩。因為需要不問理由的付出。持續，一直。我把我給了妳，即使我已經不愛妳，而妳也對我失去興趣，我還是堅持屬於妳。一旦是妳的，就是妳的了。就是這種大剌剌的理所當然，這種幾乎算是不勞而獲的愛情，讓人不寒而慄。妳怎麼能不去努力贏得妳的愛情，如同妳每天必須工作去賺取妳的薪資。如果妳放棄了妳的愛人，他就不應該再把自己似棄兒一般丟在妳的門口，乞求妳的收留。那不叫愛情，那是道德的勒索。他訴求於妳的憐憫，而不是妳的情愛。更何況，免費的禮物總是無法取得太多的敬重。願意忠貞的人，最後往往發現自己在她人心中沒有絲毫地位。」

「忠貞不是一份義務。忠貞是愛情的指標。因為，當你衷心愛一個人的時候，你根本不可能去想你會不再愛她，也無法想像生活中還會出現除了她以外的別人。你辦不到。你滿腦子都是她，以及你們可以一起建造的生活。忠貞是無意識中發生的，而不是你刻意去擺弄出來的。它是愛情的副產品。」

「所以，愛情消失時，忠貞也就變得沒有意義。妳為什麼還要跟我談

這個呢？」

「也許，我要的不是一份恆久的愛情。我沒有幻想。我只是害怕遭到背叛，擔心被遺棄。也許。我想知道，當我向後倒下，有一個宣稱愛我的人會永遠站在我背後支撐我，絕不離我而去。這聽上去很自私。我並不掩飾我的懦弱，並且與你一同譴責這種人性的缺失。但是，我需要你。就像我需要鹽和水一樣。」

「妳需要我，妳不愛我，因此，妳要求我的忠貞？」

她的神色比他更複雜，更迷失，也更脆弱。遲疑一會兒，她說：「不要給我不可思議的表情。我只是在索取我的愛情。我或許沒有能力給付愛情，並不表示我不需要愛情。恰恰相反，我比普通人更渴望愛情。無論天涯海角，只要有人願意給我愛情，我即刻動身前往。你的忠貞，給了我結束流浪的理由。當你決定對我忠貞的那一天起，我就得到了一個愛情的保證。每天醒來，我都會知道世上還有一個愛我的人，我總能夠奔向他。」

「那，我的保證呢？」

她遲遲未能回答。

飢餓

Hunger

飢餓不再是具象的身體感覺，更多時候，是與靈魂有關，與慾望有關，與性愛有關。當一個人說她餓了，通常，還伴著一聲輕輕的笑——你知道她指的並不是食物。她可能需要錢，需要名聲，需要你，需要霓裳，她卻不需要也不願意好好吃上一頓飯。因為她正在進行某種特殊飲食法，飢餓乃是治療的過程之一。她皺起她那兩道修剪精緻的眉毛，嚷餓，點了一桌子菜，卻只吃兩口便停箸。

城裡這一端，飢餓是一種詩意，一個流行，和一種附庸風雅的方式。唯有進化的人，才能懂得使用這個意象。所謂現代，所謂進步，很大用意即在丟棄這些聞上去不幸福的人類活動：死亡、貧窮、疾病，包括飢餓。當現代化成功的時候，那些名詞的原本意涵便開始轉變。死亡成為極致美感的代言，貧窮像是藝術家的朋友，疾病是擺脫工作的藉口，飢餓則成為一首詩。關於身體與生命，都成為形而上的談論，或許讓人憂傷、失落、難過、悵然，卻沒有誰被真正地擊倒。或者，被擊倒的那一刻，總是缺乏現場的目擊者。大部分人都是透過電視螢幕、口頭轉述、歷史文學去習得

飢餓的意義。

可是，飢餓其實並沒有消失。在很多地方的很多角落，仍有結結實實的飢餓存在著。飢餓的人經年累月捧著肚子，兩眼無神，渾身無力，他笑不出來。他想要一碗熱騰騰的肉湯，或一塊味道不對的蛋糕；稍微發霉的米飯他也不在意。甚至，幾粒花生米都能讓他流淚。他餓了。實實在在地餓了。他的胃液分泌旺盛，嘴裡因而泛出難聞的臭味，他感到胃部如同一個彩色氣球，隨著夏季的逝去被嬉戲孩童拋棄在沙灘上，在海風嚴厲的吹拂下，逐漸寂寞、洩氣，萎縮成平扁的餅狀，而不再是胖嘟嘟的圓狀。他不能負擔志氣，付不起原則。飢餓迫使他的腰彎下去。大街上，他顧不得羞恥，整個人仆趴在地上。哀求。那種飢餓使人乞討。

我經過他身邊，剛從一頓豐盛的午餐出來。我的女朋友說，她不相信世界上還有真正的乞丐。她發誓她在報紙上讀過乞丐集團的報導。那些惡人如何從父母身邊抓走他們親愛的孩子，剁掉手腳，當作殘疾人士放到路上去行乞。飢餓在此不是真正的重點。而，那些不斷在傳媒播放的難民畫

面，又太像條新聞，不像個實際發生在周圍的問題，人們學會對它無動於衷。

現代人太聰明，太世故，他已經不能單純去接受他所見到的景象。他會找尋不同方法去解釋一切。就算是這麼簡單明瞭的飢餓感，也不見得能說服他。因為在他的世界裡，這件事已經不存在，因此他也無法想像還有誰會被如此可笑的原始本能所控制。

值得擔憂的，並不是這個世界上還有人在挨餓，而是那個饜足的人已經失去對飢餓的同情。

天真

Naivety

一般人犯的最大錯誤便是以為他們能夠掌握天真。天真，其實無可捉摸。

一塊未曾耕犁開化的田地，是一顆天真的心。完整，獨立，理直氣壯。他還不懂得參照，不懂得觀察，不懂得加入，不懂得回應，不懂得懷疑。他對周圍不是缺乏興趣，而是還不曾有互動的需求。他是他自己。自成一個世界。外界世界想要對他發布訊息，企圖影響他，天真的人卻只會睜著兩隻平滑光亮的大眼睛，不置可否地微笑。面對天真的人，就像往一塊光滑平整的大理石上潑水，水只能無可奈何地向四方滑開。無法留下一絲絲痕跡。

天真，如此與世隔絕。

都以為天真的人柔弱，其實他比誰都勇敢。因為他不知道害怕。他以他應有的面目，靜靜待在原地。既不逃跑，也不出發。他根本不曉得有什麼在等著他。他也不等待誰。因為不明瞭，所以無從期待；不會嚐盡心碎

的滋味，也不會酸溜溜地憤世嫉俗。他總是他自己。完好如初地存在著。

不明白天真的力量的人，以為自己可以保護他，又以為自己能夠傷害他。多麼無知的判斷。

當天真決定勾引一個人時，沒有誰能夠抗拒。你看著無瑕的孩童、含苞的花蕊、初生的狗兒、純白的紙張，你不曉得你的眼淚為什麼會被呼喚出來。天真讓你柔弱，迫使你屈服。因為它讓你以為你比它強壯，比它成熟，比它巨大，使你不經思考就要為它激情地付出。不顧後果。

天真給人愛的慾望。

然而，天真當然不是那麼脆薄。天真就如一個起霧的初春早晨，表裡不一。如此清晨，景色翠綠，空氣冷冽，迷霧瀰漫。萬物皆散發出凌越俗世的空靈氣質。一切顯得寧靜而嬌柔，詩意而無常，美麗而易碎。這樣的早晨，讓最粗糙聒噪的心靈學會沉默，教最固執無感的腦袋決定讓步，令最堅硬剛強的人坦露柔情。可是，請注意那飽滿水分的土壤，在逐漸升

起的太陽下閃著溼潤的光芒，隨著萬千條陽光射入大地，彷彿就種下了萬千種籽。只要將腳踏在春天的土壤，就能感受到無數強烈的生命正蓄勢待發，隨時都將震開土地冒長出來。

猛然，那時，你明瞭，在這一場自以為聰明的遊戲裡，天真從一開始就穩操勝算。因為，從頭到尾，生命都是押注在天真的那一邊。

Etiqutte

我發覺自己在禮儀與非禮儀的兩個極端之間奔波。煩惱。

禮儀是文明的規限。在某個時刻，一個人發現自己被一種情境所擄獲，被一種隱性不明的人際互動所限制，因此必須把真正想說的話藏起來，暫時退讓，拖住自己即將跳出胸腔的心臟，取消第一時間內所有行動。等待。等待另一個所謂更適當的機會，一個所謂更恰當的時間，一個所謂更合理的場所，一個所謂更善解人意的談話對象，一個所謂更和緩的心情。然後，伺機而動。社會上每一個成熟的人，都被訓練成敏捷深沉的獵人，眼觀四方，耳聽八方，在自己的角落耐心地等候那可遇不可求的一瞬間。終於，能向前一步，勇猛吐露自身，說明真心的來意。

你不是對眼前這個人妥協，你是對禮儀妥協。

禮儀如同舞場上規定的舞步，只要每個人按部就班地學會，自有一股優雅的風度流露，並各有空間陶醉於那股美感，不會彼此干擾。而一群文雅規矩的人一起翩翩起舞，也的確是一樁賞心悅目的美事。但，如果對舞步有些不一樣想法的人就會感到痛苦。他覺得，那些規定好的舞步，就

像搬進一棟新房子，發現所有櫃子的抽屜均已被釘妥，表面上看似現成好用，實際上卻間接剝奪了新房客對這些空間自由使用的權利。

凡是被禮儀牽絆過的人，大致上都會對以前封建時代的皇室貴族多少產生一些同情。可以想像他們的窘迫：當他們身處於一個全面籠罩在禮儀規範氣氛下的場合，連想要取一杯水或去洗手間這樣簡單的慾望也顯得羞人答答，完全不可言說。而且那個反對聲音如此絕對，決不容商量餘地。你只能低頭束手，不得回嘴，為了什麼？為了維持住那一條纖細透明的細線，據說動物與人類就靠這條線才得以區別。聽上去多麼可笑。大部分時間，禮儀只會繁瑣得令人不耐。僵硬，沉滯，腐敗，聞起來有如一潭長滿水草、許久都不曾流動的死水。

至少，我這麼以為。

然，當我來到一個禮儀已經被視為累贅而被拋棄——如果不是全部、也會是部分——的社會，人人自由坦露本能，赤裸裸直述慾念，毫無掩飾，彷如一個接客已久的妓女，對自我身體最後一點的矜持都已全然放棄，所

以當你無意間撞見她的裸體，你以為你是尊重她的隱私而轉過頭，她反倒過來譏諷你未曾見過世面，不但不遮掩她的身體，還盛氣凌人地走到你的身邊，炫耀她的膽識。直率成為無恥的藉口，積極變為厚顏的理由。人們不再區分藝術與色情，而金錢與價值是同樣一種東西。他們只要他們自己活得好。其餘什麼無關緊要。

在那時候，與人相撞於巷弄之間，忽而聽見一聲對不起；不由得，駭然回首，如一個遊子，在離家太久之後，無意間聽聞家鄉口音。一時，竟不能確定是不是記憶中熟悉的語言。

Rudeness

粗魯當然是一種暴力的形式。除去了禮儀的束縛，並不代表了必須粗魯。很多人見不到這點顯而易見的差別。

粗魯不見得跟禮貌有關。而是關於生命態度。那是一種不負責任的隨便，是對智力的蔑視，是對人性的不以為然。粗魯不是人的本性，粗魯是一個經過人腦思考的決定——是的，粗魯是一種決定。一個人主動選擇了粗魯，而不是粗魯找上了他。

在城市這裡，見到一個女孩子，該有的服裝意識她都有，該有的現代教育她都有，該有的知識技能她都有，該有的金錢優渥她也不缺。眉毛被精細地描過，肩頭被小心地暴露，高跟鞋被仔細地挑過，坐在街邊的咖啡座，她兩腿大開，剔牙，放大聲量抱怨剛剛食物的不夠優秀。她斜眼瞪著服務員，後者也沒好氣地瞪回來。而離開她去赴另個約會的那人，則坐上一輛極不友善的計程車，司機的態度遠遠尊貴於他的客人。找錢時，是客人說謝謝；司機眼皮似乎搭不上來，口氣很兇地要客人儘速離去，他好快點從這塊區域馳開，做下一筆生意。於是，客人進了他的公寓，就先對他

的大廈管理員不客氣地埋怨大廳的地板不夠乾淨。

粗魯像是一種傳染病。一個得了粗魯病的人，就會讓他接觸過的人都一併粗魯。因為那是一種心境的感染。碰上了粗魯，好似無意間吃下了腐敗食物，整個五臟六腑像是被一隻來意不善的手伸入、粗野地攪動，幾乎要全部吐出來。嘴裡更留下一股既苦澀又難聞的莫名味道，你不斷用舌頭舔動嘴唇，喝水，刷牙，漱口，都不能將之消除。最後你也只能開始發脾氣。雖然明知道粗魯沒道理，又傷身體。你卻準備皺眉頭，從你不滿意的眼睛去找這個世界的麻煩。

粗魯沒有道理。它絕對沒道理。它只是一個不願意控制自己、理解自己的人，欲引起注意時，所能想到的一個最最拙劣的方式。說到底，又是一種沒有想像力的傢伙。因為他懶惰，不願花精力去研發精巧的方式去與人相處，與世界溝通。他說他不屑。其實是他不懂。他也懶得去模仿。他自以為是地混著，倚賴他人的洞察力，去穿透他那毫不講究的外表，直直

看見他的內在也是一個純紅的心。他對別人智慧的要求恰好與他對自己大腦的期待成反比。他總是教訓別人沒有分寸，卻從來不記得要把自己的褲腰帶繫好。

看見粗魯的人，應該可憐他。因為他已經放棄了他自己。如同看見一個不值錢且髒汙的塑膠湯匙，他連探究湯匙的用處都不想，直接便往垃圾桶扔。他就這麼丟掉他自己。一點機會也不給。他不以為他能做一個有趣的人，他不以為別人會愛他，他不以為他會贏得尊敬。他認定世界會將他視為狗屎。他想要在遭受凌辱之前先反擊。

粗魯的人，不過是一個自作聰明的人。而且他經常失算。

超人

Superman

超人已死。只剩下存在這件事。「偉大」，成為一個充滿嘲諷心態的字眼。革命的激情已被性愛的快感所取代。「大師」比較像是媒體開玩笑式的封號，而與知識的創造力無關。「理想」可以用來指摘別人的不識時務，也能拿來抬高自己的完美身價，端看當時語言的方便。是的，一切，都只剩下語言。再也沒有關於價值與道德的討論——即使是衝突——有的只是口頭上的狡辯，說不盡的藉口，以及調情成分居多的抬槓。字詞失去了原有的意義，新的內涵卻還未被填充進來。人們卻因此感到欣喜。因，語言文字去掉了重量，人類的思想與責任彷如來到了無重力的月球環境，只能輕飄飄地在空中漂浮，無法強而有力地去界定任何事物。那是一場美麗的混亂，人們趁機亂點鴛鴦譜，隨機發展露水姻緣，還為自己偶發的創意沾沾自喜。

人類消滅了上帝，現在又否定了自己。他不願意像上一個世紀一樣為生命做全盤的思考，為自己負全部的責任。他退縮，害怕，懦弱，既不相信上帝，也不相信自己。他戴上傻乎乎的面具，假裝善良，想要握所有人

的手，並不是為了世界和平，卻是為了躲避別人將來對他的傷害。

每天，他窩在自己蜂窩狀的公寓房間裡，有著丟不完的垃圾郵件，穿著成衣量販店買來的運動褲，電視機無意義地響著，冷氣轟隆隆地冒白煙，桌上擺著一杯還沒喝完的冰飲料，在瓶底暈開一圈水漬，慢慢滲透到桌面肌理。那是他的世界。無法想像超人的世界。

然，他之所以猥瑣，並不是因為他的生活這麼窄小，更大的原因是來自他忘了他的能力。他不記得他能夠做什麼。除了那些吃喝拉撒賺錢約會的動作。他認為超人是屬於卡通漫畫的。那是他的理解。他自以為理性地把超人跟自己之間劃了一條粗大的白線。只有在自卑自憐的時候，他才想要把那條粗線抹掉。他幻想自己忽然長了幾塊堅硬的肌肉，英姿煥發地站在他想要反抗的那個對象面前，大聲喝叱對方的陰險企圖，並加以阻止。在現實生活中越畏縮，在他的想像裡他就越勇敢。他悲憤地抹去兩行清淚，憎恨自己的無助。

或者，我應該說，無能是一個更恰當的形容。人類創造了複雜先進的

社會機制來保護群體的生存，同時，也削弱了個體的氣力。你不必太強壯，也能活得很好，不覺中，你忘了意志的重要。而意志是一個人的力量。少了意志，人就是一艘沒有舵的船，毫無想法，任由海潮帶著走，無能為力。他將無奈當作可以放棄的理由，就這麼隨波逐流。他說超人不存在，可是，他也不準備讓別人證明超人的存在。

他老是提醒，這是一個新世紀。可是，他並沒有說，人類應該如何迎接所謂的新世紀。

Broken Heart

「有時候，不免覺得好笑，都幾個世紀了，人類還是逃脫不了心碎的命運。不都發明出多少理論了嗎？不都把人送上月球了嗎？不都告訴你那是因為神秘的輪迴嗎？那麼多理性及非理性的觀點，如繁星點點，怎麼，仍舊停不了那種玻璃破碎時所發出的淒厲喊聲，一直在我耳膜迴旋不去。

即使，早已經預期那一刻的到來，也用盡了我全身力氣去備戰，結果終於來臨時，依然覺得無法忍受。像一名士兵上戰場，從他在家鄉被徵召之後跋涉到前線的路上，雖然他一直在為死亡做準備，當子彈真正穿透他的胸腔，在他的心臟位置打出一個大洞，他所能做的，卻依然只有張嘴驚訝地看著那個血肉模糊的傷口，彷如那是電影作出來的聲光效果，而不是一個真實的彈孔。雖然每個人都承認死亡的存在，沒一個人會真心接受自己的末路。我相信，所有人在不得不閉上眼的那一刻，都還痴想著死神會莫名其妙地把自己遺漏了。我也以為，我能夠逃脫心碎這套陳腔濫調。我可以被傷害，能夠忍受痛苦，偶爾甚至願意忽略羞辱，但，我無論如何也不想落入濫情的窠臼。

可，我還是心碎了。像第一個發現心碎滋味的人類一般。不能理解自己的行徑怎麼會導致今日的處境。無法想像一個曾經宣稱愛我的人為何突然背叛了我。更煩人的是，我竟然就這麼不爭氣地收不回自己的茫然目光，拿不穩顫抖的雙手，擺明了就是剛剛被狠狠撂倒。而我，一個平時最擅長說服別人的人，現在，竟然說服不了自己。突然之間，我沒有了堅強的理由。我認為我有哭泣的自由，並且打算放任自己。

因為，我心碎了。

嘩啦啦地，比茂密大雨打在屋頂的聲響更大，比全身淋透、雨水還繼續流進眼睛耳朵的感覺更難受，此天始終不晴、灰色雲層似乎已經永遠成為天空的一部分更叫人體會到什麼是絕望。最嚇人的是，我居然希望死掉。發生了什麼事，我想我知道，但我更期盼我一點都不知道。

我現在最想做的事情是找人理論，雖然要爭辯什麼題目，我完全沒有想法。但是，怒氣似乎是目前唯一可以讓我提振士氣的良藥。當我的怒吼震耳欲聾時，我就能暫時聽不見那令我丟臉的心碎聲。

最最最氣人的一點，是我還不能面對面告訴你關於我的心碎。我必須假裝第三人稱來談論這件事。因為那牽涉了我太私密的心理層面。如果我不用這種事不關己的口吻來談論它，我就只能放聲大哭，喪失我一切的語言能力。」

結束

The End

某個生命階段結束的時候，往往無聲無息。並不如袍子割裂的剎那，會發出提示的聲音，也不會有漸行漸遠的躂躂馬蹄，引人惆悵。它，只是結束了。就這樣。

而生命一如往常地前進。記憶還不曾增加多少，你對昨日的看法跟兩天前一模一樣。你的生命機能並沒有因之敗壞，你的生活習慣仍舊拖泥帶水，你的人際關係好像也未受到影響。你背著你的袋子，穿著你的鞋子，融入城市的人潮，沒有人知道你正經歷生命的轉變。你的危險性還不如一個流行感冒患者來得高。你順暢無阻地搭車上班，吃飯睡覺，與他人交換生活心得。有時候，談話中，你還是朋友中笑得最大聲的那個人。

你健康得不能再健康，正常得不能再正常了。不理解你的人以為，你是他所認識的人當中最快樂而堅強的。唯一，你在人群中，你卻也不在人群中。你有種感覺，真正的自己其實已經離開了這具正常活動的身體，站在旁邊，冷靜，隔著距離，毫無笑容也毫無憤怒地，看著人群中的自己。

你並不是失掉了情感。相反地，你的感情濃度正前所未有地濃烈，像

一瓶上等芥茉醬，只要嚐一口就會嗆到流淚。但，此時，它卻被仔細地裝入冰冷的瓶子裡，乾淨，無聲，規矩，等著被收藏到儲藏櫃深處，靜靜與世界脫離關係。悲傷雖是主要的情緒，卻不曾被張揚。當你發笑的時候，你聽見笑聲在自己的胸腔迴響，如空谷中迴盪的回音：而，山谷深不見底。連上帝也猜測不到谷底深藏著的究竟是什麼東西。

只有你一個人知道。也只有你一個人承受。那種結束的感覺。

是的，一切都結束了。結束得如此俐落，彷彿它從不曾存在。因此，你再怎麼活色生香地述說，也無法證明它帶給你的喜悅與傷害。你的生命因此更豐富或更蒼白，那又有什麼相干呢。你所知道的，只是默默承受事情結束後的現狀，像一隻賴活的狗兒，繼續對往後的日子搖尾乞憐。

你只是等待。等待「時間會治癒傷痕」。你故意冷漠地對待那一波波來歷不明的情緒，踐踏自己纖細的神經，你的大腦想要凌駕於你的感情，把生命整理成一套機械呆板的系統。你將自己縮小，隨著曾經屬於你的那份激烈感情，也放入那只芥茉醬瓶子裡，裝作你不需要任何甜蜜都能活得

很好。

終於，那天來臨。睜開眼睛，你發現自己不再思念曾經失去的那一切。就像你當初察覺到結束那般，你體認到結束的結束。你被治癒了。的確。

可，那又何嘗不是另一個結束。

Silence

沉默最能折煞人。辱罵其實是一種激情，仇視其實是一種在意，哀嚎其實是一種請求；唯有沉默，是全面的相應不理。只有從對方的沉默，一個人才學會自己多不重要且惹人嫌棄。

那個人已經離開。連影子也帶走。你的呼喚再怎麼柔情、又怎麼淒涼，都無法越過那看似已經無盡卻仍繼續加寬的距離，進入那個人的感知裡。他不做回應。他不能撫慰你的痛苦——或者，不想。他擔心後面會有更多無謂的牽扯。他害怕，他的寬容與憐憫，將會加深你對他的依賴心。而，他現在最想做的，就是把他身上所有寄生植物通通拔走，所以他可以趕緊上路。

他一動身，就只剩下沉默。無聲。靜止。讓你連抱怨嫉恨的對象也找不到。因為沒有互動，你就不能構思策略。接不到他的訊息，你沒有數據資料可供分析。你彷彿進入一個偌大黑洞。除了無助地迷失，沒有其他選擇。

沉默逼人發狂。因為讓你明白你完全徹底無能為力。你什麼不能做，

什麼也做不了。對方心意堅決如石。如一棵在春天失去歌聲的大樹，就算輕風如何輕佻迷人，他絕不會跟著婆娑起舞；即使草原上的野花如何繁茂競妍，他懶得發出評論。他決定保持緘默。讓風歸風，花歸花，草歸草，你歸你，他歸他。

那代表了一種完全的拒絕。至死都不會放棄的否定。對他來說，他永遠都活在跟你不同的另一個世界。因為他不承認有你的世界。

面對沉默，是一場意志力的戰爭。你一方面想盡辦法要軟化對方的鋼鐵心腸，同時，出於不知名的驕傲，你亟欲強化你自己的意志。你拉拔自己踉蹌的步伐，整理衣領，想要直起背脊，裝作沒事兒地走過你剛剛才狼狽滑跤的一塊泥地。你無論如何都要故作鎮靜。那是你維持最後一點尊嚴的方式。

最理想的狀況，你也能沉默。

不再哭泣，不再哀求，不再呼喊，不再伸出手，不再露出需要的眼神，不再準備等待親吻的嘴唇。你也是塊又冷又硬的石頭。你的世界包在堅硬

外表之內，河水激流只能逐漸磨小它的體積，卻無法真正滋潤它的核心。

也許，在內心深處，你期盼你的沉默將引起對方的好奇，最好，讓他也開始嚐到被遺落的滋味，激起他的嫉妒。也許，你不過是期待自己做個節制有禮的人。也許。

關於你的沉默，更大部分原因卻是因為在他離開之後，你那無法彌補的龐大悲傷致使你閉口。你的心並不是鍛鍊成鐵。它只是被絕望吸乾了。

Act Tough

再告訴我一遍，我為何需要堅強。

談談那些慘絕人寰的戰爭，說說那些困難重重的愛情，舉舉那些小人得志的例子，然後，看著我眼睛，令我懂得這個世界如何冷酷殘忍地蹂躪所有人的生命。一視同仁。

人生是個婊子，所以每個人都該學會當一個婊子。

提示我，開化我，引導我。透過華麗的電視廣告、漂亮的服裝雜誌、成功的名人範例，讓我模仿那抹冷漠、尖銳、自信、肅殺的眼神，教我擺弄那類性感、慵懶、什麼都無所謂的姿態，給我那種高傲、狡猾、時髦、不負責任的性格。丟給我一句台詞，所以，我也能在每一次愛情離去的時候，雙手一攤，聳聳肩，瀟灑地說：「C'est la vie」。

柔情，太多餘。溫柔，更食古不化。任何柔軟的東西，只會讓我痛苦。而我要快樂。我要追求積極進取的人生。我要尋找墮落歡樂的時光。我要擁抱新鮮美麗的情人。我要享受放縱無度的感官。我要。我什麼都要。全部。就是不要失去。

因此，我必須懂得在適當的時刻離開：在歌劇主角唱出最後一個音符之前，便提起裙角，溜走；在晚宴甜點上桌之前，便推開椅子，告辭；在甜蜜纏綿終了之前，便掙脫他的臂彎，逃開；在我的心臟幸福得幾乎要爆炸之際，便慌慌張張，噙著淚水，轉身。

如果我能夠避免目睹生命可能提供的一切最美好的高潮，我將不會遺憾。沒有遺憾，就沒有悔恨。我於是不必花一輩子時間，日日夜夜思索為什麼我既然已經得到又為什麼會失落你跟我的故事。

而今，你看我，呼吸粗渾，臉頰脹紅，雙腿發軟，幾乎都站立不住。我的軟弱，在你眼前，暴露無遺。我知道你厭惡我的淚水鼻涕，鄙夷我的禮節淪喪，驚愕我的放縱失控。可我一點辦法也沒有。

因為，我並未學會堅強。我缺乏強大的自制力，可以防止我不將自己當作一個無用的累贅拋到你的腳邊，請求你無論如何要繼續收留我。我又不知將我的意志力遺落在何處，因之，我完全找不出條理去整理我的人生，恢復成你出現以前的模樣。我拿不出一套像樣的表情，能夠令我重新

在人群中發光。我只能在人們經過我身旁時，回頭打量他們成雙成對的身影，憤世嫉俗地懷疑他們是否真正如表面上看起來那般幸福光亮。

請相信我，如果我可以從頭選擇，我將勉力訓練自己的心靈肌肉，做個堅強的人類。酷一點，冷一點，帥一點，傲一點，放一點。

我想，我要，我會。如果我能夠選擇的話。

獰笑

Grimace

當壞事發生在別人身上時，一個人總是幸災樂禍。雖然人不願意承認。他會戴上兩隻閃著同情淚光的眼珠子，擺出同等受苦的表情，表示自己完全理解對方的處境。

然，一旦四周寂靜下來，似乎便能夠聽見他心中偷偷獰笑的聲音。獰笑是深藏在我們心裡的臉部神態。唯有夜深人靜，才會如一縷幽靈從理性的禁錮中釋放。那是人類最醜陋的一種表情。我們知道。所以我們選擇隱藏。我們不敢坦白說出我們嘲弄別人的困境。我們說，好可憐喔。卻一點也不真心誠意地相信自己的話語。我們說著我們認為應該說的。而不是我們實在想說的。

我們不說，嗨，我其實非常享受你命運中的災難。尤其當這個「別人」與自己有道德上的歧異或原則上的意見不合之時。我們多麼樂見對方受到懲罰。他的倒霉，冥冥中，似乎證明了我們的道德優勢。我們主觀地——卻假裝低調地——認定，今日別人之所以落得如此，是因為他在做人生抉擇時犯了致命的錯誤，而，我們之所以成功逃脫了命運的捉弄，完全是因

為自己堅信的價值終獲上天肯定的緣故。

但，我們不聲張我們的勝利。我們不敢。收起發亮的彩帶，熄滅點燃的鞭炮，我們閉嘴，躡手躡腳經過那個我們上一秒還在厲聲詛咒的人身邊。

不是因為害怕為失敗者帶來第二次傷害，不是因為我們秉性純良，高尚美麗；而是因為，內心最深處，我們其實清楚明白這個世界從不是根據所謂的正義而運轉的。不是。純粹是運氣。人生有如一個旋轉中的賭博大轉盤，每一個人都是圍聚在賭桌旁的賭徒，我們能做的，只是丟出我們手中的骰子，祈禱這次運氣能好一些。我們沒有把握。直到最後一秒，都沒有。

每次輪盤轉完，總有人出局。這次是別人，下次可能是自己。面對別人的不幸，我們大氣也不敢喘的原因不是出自真正的憐憫，更多時候是因為我們希望事情輪到我們頭上時，別人也能給予相同的支持態度。

那是一種詭計。一個機關計謀。為自己未來的前途鋪路，為自己可能

的墜落擺好安全網，為自己尚未發生的溺水準備好救生圈。我們願意表現自己的寬容大度，是為了建立一種範例，期待別人能夠在我們落難的時刻，展現同樣的慷慨情懷。因，我們不想聽見別人的獰笑。那種不知收斂的洋洋得意，像是從人性黑色泥潭最底部爬出來的醜惡怪物，渾身散發令人作嘔的氣味，世間再多眼淚都不足以形容這頭怪獸所能引起的驚愕與恐懼，也沒有任何宗教哲學甚至巫術能夠將之有效驅逐。

獰笑是一種僥倖心態，也是一種無聊自信。這個世上，人們或許確實關心正義的執行，或許衷心追求事情的真相，然而，由於關於真理的是非向來太多，每一個活過的人幾乎都曾宣稱自己才是真理的正統繼承人。在解決真理擁有權的紛爭之前，獰笑總是不可避免地伴隨虛假的勝利感而來。

我們畢竟只是凡人。

Chic

一件事物開始流行，幾乎就是它死亡的開端。

因為受歡迎，所以必須大量製造。因為被大量製造，於是密集出現。大街小巷，窗前門口，每一個轉角，每一次移開視線，那個流行的人或商品或概念或物體，轟然矗立在你的鼻前，阻擋你的去路。無所不在。永不停止地對你展開誘惑的行動，想要勾動你的熱情，一次、一次，又一次，再一次，直到你消耗殆盡為止。

流行是一樁恐怖陰謀。目的是讓人對生命感到厭倦。從最初的驚喜掉落至全然的鄙夷。你發誓再也不想看見、品嚐、嗅聞、觸摸到同一個人，同一件東西，同一項活動。因為你受夠了。你無法忍受你的生活處處充斥它的陰影。那是一種強力的控制，令你窒息，因為它不讓你感覺生活還有其他不同的可能性。像是一個不懂得適時放手的情人。起初，他那鋪天蓋地而來的愛情，看似炙烈而真誠。對一個剛剛戀愛的人來說，他那天天二十四小時在一起的要求，他那拚命想介入你生活的積極態度，代表了他強烈渴慕你的心情。他要你。無時不刻。他不能不想你。必須與你永遠在

一起。而你的虛榮心如此獲得滿足。

直到一天，你突然發現，在你生活的環境裡，四周雖沒有鐵絲網包圍，放眼望去，你卻看不見任何出路。沒有，你並沒有被鐵絲網圍住。但，你知道你事實上是在坐牢。因為你遵循著別人為你規定好的生活方式。因為，你總是跟同一個人在一起，吃同一種食物，穿同一款衣服，說同一個句子，梳同一式髮型。你活得沒有特色，沒有希望，沒有創意。而，當初愛情所給你的保證，那個遠走高飛的夢想，如今早已褪得一點痕跡也不剩。

流行令人生厭的原因，是因為它玩弄人們的感情。它知道它的魅力，而且不知節制地揮霍，不斷拉扯那一點點純粹的喜愛情緒，直到整件事如同一顆方糖掉入一座湖的中心，再也甜蜜不起來。

如它剛開始時逼迫你喜愛他、習慣他、寵幸他那般，它最後同樣迫使你厭惡他、排拒他、憤恨他。流行在人們身上所引發的情感總得是非常極端。不是大喜，就是大悲。在談論流行之際，中庸之道說不出任何道理。

即便，你終將這個既可惡又可愛的流行從你的生活拔除，你所得到的感傷也同樣不可能是微弱而容易淡忘的。因為，流行現象讓你明白，就算是天上最光爍明媚的一顆星星，也終有一天，會燒光最後一根光芒，變成一塊再普通不過的石頭，任你走過時，毫無知覺地跨越過去。

Arrogance

她從不曾去過那個偉大的城市。可，她說她一點也不想。當她終於有機會去了一趟，她仍叨叨唸唸著自己其實多麼不情願。她睫毛長長，形狀漂亮的眼眸瀏覽著市中心那道象徵英雄的拱門，道路由此成輻射狀發散；精緻的商店櫥窗，古老石板鋪成的街心；白色浮雕的高牆，一座座優美雅致的陽台，通往裡面隱約可見人影晃動的神秘窗口。她咂咂她那張性感的嘴，露出不置可否的神情。

傲慢者令人迷惑。不理解她的自信從何而來。她總是那麼確信她世界的完整，對人生充滿把握。她擺出來的架勢讓人羨慕。她覺得這個世間沒有什麼她不能掌握的事物。如果某種事物逸出了她的認知範圍，肯定是無關緊要的。

她總是很快就能判斷一件事情或人物的價值。一秒鐘。她已經搖了頭或點了下巴。沒有誰再能說服她。只有她才能勸動她自己。

她對所有未知的缺乏好奇心，更教人嫉妒。她完全不認為世上還有什麼事物值得她追求。她的傲慢，讓她可以忍受自己的無知。她不害怕承認

她不懂你正在說的這件事情，她只會翻白眼，翹起她的鼻子，別過她的頭，她在告訴你：你無趣，保守，嚴肅，落伍，有如一杯沖泡過度的日本綠茶。你的茶葉哲學對她不具任何意義。

傲慢者的確讓人厭惡。她堅持高高在上的態度，彷彿一塊多稜角的水晶，拿起來扎手，看著又覺光芒刺眼。更深層的原因，我想，卻是因為她活得過度舒服。她怎麼能輕輕鬆鬆跳過人性的黑暗面，忽略每個人內心那隻永不滿足的惡魔，就這樣快快樂樂活著，不覺得有任何改變的需要。她很好。非常滿意現狀。除了當她自己，她沒有其他慾望。她以為，別人不過是她拙劣的模仿者。

如果有什麼不公不義的事情發生在她身上，她永遠不可能覺得是她自己的過錯。人們經常為了一點人生挫折而日日夜夜折磨自己，反反覆覆追問上帝同一個問題，她卻只輕輕哼了一聲，便解決了一切掙扎。

她不痛苦。這真教人抓狂。一座歷史悠久的美麗城市也不及她來得重要。她不美，可是那實在不是重點。重點是她擁有對美的終審權。雖然她

沒讀過一行關於這座城市的文字，她已經站在那裡，糟蹋著我最迷戀的城市與文學。我不啼笑皆非，而是妒忌。妒忌她能夠這麼不顧羞恥地自以為是。毫無負擔。

彷如一個芭蕾舞伶，她輕靈地越過全世界的屋頂，正往月球飛去。

A Beautiful Day

美好的一天，一切都非常到位。天氣也對，風向也對，路上出奇地見不到垃圾，車輛安靜而守禮地行駛，你看看旁邊的人，只想微笑。有點驚訝，卻不想追究，在北方城市的一個深冬夜晚，竟然還能擁有夏天於高樹下散步的美麗心境。

你其實什麼大事也沒做。頭一次。你只是睜眼醒來，不急促地走去飯館，喝一杯咖啡，吃塊甜麵包。頭髮掉落到眼前，你花了時間，仔細地用手指將它們順到你的耳後，然後將你的手指放在桌上——只是放著，沒有無意識的急促敲打。收音機上播放的流行音樂，每一句歌詞你都聽進去了。並且不瞭解為什麼以前自己不能聽出其中的美妙。

旁邊的人還在，你微笑。

是錯覺嗎？街上每一個人好像都在哼著歌，走在一塊兒的人們均手牽著手。有一份甜美的寧靜，像靜靜漫開的水流，輕輕滑過城市每一條街道。你說，你非常快樂。沒有理由。是的。只因這是美好的一天。歌手盧瑞的歌聲低低地在腦子裡迴旋……。

你點點頭。因為，此刻，你想要對世界每一件事情表示同意。我贊成。

你想大聲說，對站在大汽車前那個趾高氣揚、臉孔有著嚴重橘皮現象的肥胖中年男人說，對矗立在市中心花圃、高大簡直似度假小木屋的那叢地下鐵空調設備說，對端了一杯冷咖啡給你、馬上又躲回櫃台跟男人調情的女服務生說，對寫壞一堆題材還能功成名就的作家說。

你點頭，表示贊成。就在點頭的那一剎那，你感到蒼老。你想把手伸入你的體內，確定裡面的人還待在他的位置。你不想去思考他的問題。他的問題是一個永恆，而眼前這個美好的一天即將會結束。

每一個人都需要一朵勿忘我放在他的眼前。今天，這個日子，是我的勿忘我。而勿忘我總會凋謝。不過，這沒有關係，至少，今晚的月亮還沒有下山，旁邊的這個人還沒有離開。我微笑。

我的頭髮正一根根地發白，我的電腦裡還有一堆工作。可是，我還能從從容容吃頓像樣的晚飯，也許趕場電影。

在午夜之前，我都還可以忘掉自己。

Shadow

就在感覺一切順遂之際。剛剛從一場愉悅的談話步出，不過幾個小時前才修整了一頭亂髮，終於完成一件盤踞許多時日的工作，正好因一句有點低俗的笑話而大笑，新近結識的美麗情人偎在身邊。就在此刻。陰影，原本像一塊折疊整齊的黑布，不受人注意地擱在櫃子上，忽然，不知被誰在空中嘩地抖露開來。鋪天蓋地。

前一天上床時，身心都還很健康。今天，醒來，卻一點點起床的力氣也沒有。只覺得異常哀愁。坐在窗前，什麼也看不見。看見的只是那張以為已經忘記的臉孔和令人哀傷的記憶。

人的未來，總是活在過去。走在路上，迎面而來，不是陌生面孔，而是似曾相識的身影；不是什麼無窮盡的可能性，卻是一連串即將發生的結束。

陰影是一種疲倦。覺得無路可逃的絕望。彷彿，無論如何努力建設自己的人生，終將無法取代曾經失去的所愛。那些遺憾，只是被忽略了，遺忘了，排除了。卻不曾——也永遠不會——有機會可以矯正，獲得彌補；

再來一次，沒有誰能夠負擔起如此奢侈。他們只能變成陰影，龐大且具壓迫性，永遠在你微笑的眼睛投下一道陰影。

唯有那些無法被大聲說出的，那些無法容忍被記住的，那些無法被視為當然的，那些必須要沉默的，那些害羞而畏怯的，才是最孤獨的生命回憶。陰影是他們的集體面貌。揮之不去。隨著歲月流逝，黑暗，繼續加深。再深情的注視、再懇切的語言、再溫柔的撫觸，都不能喚回一個深陷黑色心境的人。

陰影提供夢境。當陰影籠罩一個人時，他的時空便如走馬燈般轉換出繽紛色彩。他進入一場很長很長的夢；夢裡，他走得很遠很遠。他不曉得如何回頭。他一遍又一遍回想發生過的事情，一次又一次幻想著還能有如何不同的結局。他如同坐進了一輛馬車，他的心境跟著他的身體，很快地便被向前行駛的馬車帶入一種單調的規律裡。他渴望沉睡。不願醒來。

他像是躲在一層厚厚的窗幕之後，眼睛直直盯著被掩蓋的窗戶。窗簾後面，一個全新的世界似乎在等著他。然後，他向前一步，用力拉開布簾，

街道仍在原位，樹木保持原樣，街燈並沒有更亮一點。一個路人站在轉角建築物的陰影裡，看不出性別。

他放下窗簾。蓋住。回頭扭亮桌上的檯燈。光源照亮了房間正中央，其餘，則落入陰影之中。

Loser

事先知道，所做的一切將不過又一次證明他是個失敗者。他依然出門，迢迢去到他的夢想面前，接受最新的嘲弄。默默。冷靜而溫馴。毫不反抗。

他咀嚼著他的失敗。活著他的失敗。呼吸著他的失敗。他不是習慣，只是從不質疑。他收集失敗，如同簽收快遞單據一般，聽見別人喊了他的名字，便出面簽名，收下包裹。那般自然。

他不準備成功。至少，不屬於一般定義的成功。他高舉他的手掌，上面少了一條所謂的事業線。他堅持，這個地球擁有許許多多不同的世界。有些世界容許失敗成為一種人生選擇，甚至，可以是值得追求的榮耀。他不害怕活得默默無聞，隨時誇口自己生命的舉無輕重。他說，他只選擇愛，與被愛。他尊敬力量，而不是權勢。他以為，世間沒有一件事情是複雜的，只有人的腦子才是將事情搞複雜的罪魁禍首。

幾道眉毛挑起，眼睛殺出懷疑的光芒。失敗者的哲學永遠聽上去像是藉口。

他之所以失敗，無非是他缺乏能力。他沒有那個意志。沒有那個運氣。他沒有那個腦筋。他不出聲，因為他無話可說。他甘於一個卑微的位置，因為他無法翻雲覆雨。他願意滿足，因為他不能要得更多。他得不到。辦不到。他，根本，想不到。

每天，他花很長的時間不做什麼。他清洗他的腳踏車，磨光他的客廳地板，坐在公園裡等他的情人。他讀一本書，總是讀很久。他似乎不焦慮他不知道誰是羅蘭．巴特，也不擔心他的銀行存款。他如果皺眉頭，是因為他使用多年的登山背包終於破了一個洞，而他想不出一個好法子可以補救。

沒有任何人或事能夠激起他的鬥志。他認為他非常明白他的身分地位。帶他去一間昂貴精巧的餐廳，給他一件質地考究的大衣，送他一位出眾不俗的伴侶，他的眼神惶恐，輕輕搖頭。他的身子慢慢向後退縮。一向口才不錯的我此刻居然無法說服他享受一瓶不過中等級次的紅酒。

我不配，他堅持。我不要。

一個人不可能什麼都不要的。旁人均不相信他的說詞——是的，那一定只是個說詞。他真正害怕了。他幾乎有點憤怒。他不理解，野心究竟有什麼重要性。他也不需要任何人相信他，他只希望所有人別管他。

可，成功即是尊嚴。一個人怎麼可以不要尊嚴。沒有人願意隱瞞自己對他的鄙夷。他們猛烈地攻擊他、批評他；同時，卻又企圖拉攏他、說服他。嘆息、威嚇、勸慰，均不管用。失敗者是他人眼中的釘子。他的失敗，比人們自己生命中的失敗更讓他們焦躁不安。他們以為，他們為了成功的不擇手段，都還不如他的自甘墮落來得無恥。他們尤其受不了他的幽默——天殺的，所有的失敗者在面對生命挫敗時總有了不起的幽默感。

他在最關鍵時刻問了一句話：「為什麼我有種感覺，你們非常嫉妒我的失敗？」旁邊聽見這句話的人都恨不得即刻撲殺上去。

扮深沉

Faux Depth

不然要怎麼辦呢？都已經來到這裡。他不曾想過要結婚，不曾計畫位居高位，不曾講究過這身打扮，不曾想像會在一個如此衣香鬢影的宴會上周旋。他以為自己會安於當山上一間郵政局的小職員，他以為他會寫詩，他以為他會天天早起去慢跑，他以為他會習慣坐在樹下，什麼也不想，只是發呆。他以為自己會找到一個相愛的人。他以為。

事與願違。人生總是這般。遺憾。他的神情似乎在說。在音樂轟耳、人聲嘈雜的環境裡，每個人走過去，飄散各種不同的香味，女人臉上擦著粉，男人手上端著酒，誰都不說話，只是等著。他也等著。等著誰先露出破綻。世故，其實是一門關於耐心的學問。話說得越精簡，微笑的嘴揚起來的角度越小，情緒波動越微妙，你就越顯得高深而難測。神秘，不是與生俱來的氣質，而是一種化妝術。

人都坐到這個位置了，活到這個境界了，你覺得自己真正是怎麼樣的一個人是那麼無關緊要。觀眾不會譴責一個不該上台而上台的人，他們只會輕視一個上了台還不願意認真演戲的人。

既然被擺上了檯面，那麼，就扮吧。該深沉就深沉，該優雅就優雅，

該頗有玄機就別太明白。他學會，如何在對方拋出一句問話時，深深注視著她，卻又緩緩將視線移開，不發一語。他聽見了，可他不回答。他不是受了傷，他只是禮貌地忽略她，彷彿她襯衫前胸的一粒扣子脫落，裸露出她的酥胸，而他基於禮節，保存對方的尊嚴，於是假裝什麼也沒見著。但，他那輕微的鄙夷，又完完全全攤露在一盞銀色燈光下，不容忽視。不能說他不友善，卻又很難認定他是全然的真誠。如同見著了一座湖，那座湖卻是結了冰的。

穿透那層厚厚的冰，底下的湖水仍在流動嗎？深沉究竟是扮裝出來的，還是他的真實本質？可能，也不重要。為什麼還要問這個問題。誰在乎當初自己是怎麼想的。從山上郵局到城裡這所藝廊兼酒吧之間的距離並不只是一條單純的垂直線。重點是，他總是十一點才起床，唯一的運動就是跟女人做愛；他賺錢賺到毫無感覺；上次他讀到一行詩，只有一股噁心。

他正看著我的眼睛，然，我讀不到他的情緒。他在跟我談「他的」郵局。

明星

Celebrity

明星是一種體質。不是每一個人都能天生如此，遺傳也不能保證你得到正確的基因。明星是大自然的產物，隨機出生，沒有規則可循。而她出生的唯一目的，就是抓住你的目光。

這種奇特體質讓她容易口渴。他人的注視就是她的水分，其他人的存在是她的綠洲，整座地球對她來說是一片無邊無際的大沙漠，她隨時隨地都有乾渴而死的危險——如果她不能時時尋到你的眼睛望住她。她終日逐水草而居，銳利的雙目永遠在眺望遠方沙丘的邊緣，藉助藍天的明亮光線，積極找尋每一座可能的泉源。

你以為嬌弱似她必定早已被烈毒的太陽曬乾，烤焦，蒸發。她如此美麗，手足纖細，臉龐映著天堂般的顏色。當她微笑時，所有生命正面的力量都如神奇寶石所發出的光芒般迸發四射。你的感動，正如在草叢中忽然找到一朵楚楚可憐的桃紅色指甲花，你是那麼全心全力想要呵護她，又深怕自己過度的體貼會將她窒息。她教你手足無措。因自己的不完美而跟自己生氣。你覺得你根本不配照顧她。

明星有那股能耐令人覺得卑微。不需愛情的偉大，就已讓你覺得自己比塵土還低，低到地底下去。她更讓你迷惑。她似乎不介意她的說詞是否前後矛盾、她的道德觀點能否成套理論，她也不在乎你究竟贊成她或反對她。她不管你愛她、還是恨她。她只要求你注意她。

沒有你的眼神，就像沒有水，她無論如何都不能活下去。

只要眾人目光集中在她的身上。持續，牢牢地，盯著她。她的官能就被挑動。她簡直亢奮到不能自已。那些目光是愛慕是鄙夷，是敵意是善意，是好奇是無意，都能帶給她高潮。

當城裡沸沸揚揚討論她的愛情，觀看她的身體，關注她的事業，毀謗她的名聲，質疑她的動機，她心裡思索著，並不是如何閃躲詢問，如何隱藏真相，或如何保護自我；卻是，怎麼樣，才能將自己暴露得更多。她偶爾也會被輿論刺傷，但她更擔心別人不議論她。她不怕寂寞，她怕的是漠視。當你驚愕於她的驚世駭俗之際，才是她生命機能最強壯的時刻。

人生是一齣戲。她不需要催眠自己，就能進入每一個光怪陸離的情

境，為你表演。

明星的生命系統迥異於常人。只要給她一滴水——你的目光，只要一點點，她就能迅速成長。如沙漠中的仙人掌，一場驟雨就會令她開花。對她來說，沒有對錯可論，只有觀看的問題。觀看，決定一切。打破幾項原則，說幾句謊言，傷害幾個人，都不該是值得憂慮的事情；然，若你對她的一舉一動失去興趣，決定停止收視她的動態，而她的笑靨再也不能繼續迷惑你時，那就是人生的盡頭。她驚恐地睜大了眼睛，睫毛沾上了淚珠像晨間露珠輕輕於綠葉上滾動。

你剛剛離開的眼神，如一個冷酷劊子手，就這麼斬斷了她的生命。

舊愛

Old Love

舊愛的影子，印在眼膜，像是窗玻璃上一塊淡淡的漬痕。下了多少場雨，刮了無數道風，過了許久的日子，總是清除不去。今後，你如何調整自己觀看的角度，如何努力清刷你的房子，如何假裝視而不見，你都避不開那塊似有似無的痕跡。一輩子，你只能繼續從這扇有塊漬印的窗戶看出去。你看見的世界將永遠不會跟認識這個人之前一模一樣。

要不，乾脆抹上其他顏色，你想。蓋過那塊揮之不去又無所不在的惱人痕跡。潑上一杯咖啡，輕輕描過一條油彩。有人路過，吐一口痰，也好。總之，重新來過。但，那塊汙漬，並不算是被移開。它也許被掩蓋，卻不是消失。它穩重地貼在乾淨明亮的透明玻璃上，擋在你跟整個世界之間。你若要伸手觸摸世界，必得穿過它的存在。

重逢未必是一件美好的事情。雖然每個拋棄他人或被人拋棄的戀人都曾多多少少幻想過這個場景。想像一個下雨的夜晚，自己在一棟不知名的建築物簷下躲雨時，那個久違了的人突然從記憶深處的黑夜裡現身，低頭跑過來，淋溼的頭髮貼緊兩頰，身上發出雨水的味道，你們兩人尷尬地打

招呼。沉默。大雨迫使分開的兩具身體再度靠近。要不，你正孤獨而高雅地走過一個熱鬧紛紛的市集，心不在焉地跟小販討價還價，前面忽然有個人轉過身來，看著你。那雙眼睛閃著熟悉的激情光彩。在那些俗濫得可以的橋段裡，總有一個人還愛著另一個人。不是我仍愛妳，忘不了妳；就是你依然痴戀著我，而我早已把你忘記之類的。反正，脫不了那種淒清的傷感，愛情必得奄奄一息，卻又流連，徘徊，迷茫，像是一名病人，垂垂將死，卻依舊不捨得離開人間，不暢快地躊躇著，憂傷著。

我們都說，我們會忘記。其實，不。生命沒有那麼簡單。人不是一個未來的動物。我們是歷史的動物。我們的出生是一連串歷史的結果，我們活著是為了創造另一段歷史，我們死去是為了成為歷史。在愛情這件事情上，我們依然擺脫不了這種宿命。我們開始一段戀愛時，就知道它一定會結束。不管我們再怎麼用婚姻、家庭等看似更深切的感情價值去接替愛情的發生，也無法阻止愛情走入墳墓。進入歷史。而我們不會忘記。如果我們的大腦忘了那段戀情，我們的身體也會記憶。我們擅長記憶。尤其是依

照我們自己喜歡的方式。

重逢的弔詭即在此：兩造歷史在一片迷霧中突然要相合為一，然，怎麼也組裝不起來。你以為遺落已久的碎片，終於能拼回原圖，你拿起來，只是徒勞地發現這些圖塊稜角並不如你記憶中那般契合。

你起初不解，然後，惱怒，生氣，為那個曾經愛上對方的自己感到羞恥。你無論如何想不起來自己為何當初那麼執著這段感情，為了自己將不會再如此愛一個人或再有如此機會去愛一個人而捶胸頓足，傷痛不已。你以為你不愛他。確定不愛他。在多年以後。

但，畢竟，你的確已經愛了他這麼許多年。

情慾

Sexuality

愛情可以等待，情慾不能。

情慾具有急迫性，強迫性，與即時性。它是來得迅雷不及掩耳的一場大雨，眨眼工夫便已從地平線上逼到眼前的龍捲風，稍不注意就迎面撞上的一輛疾速快車。毫無預警，且來勢洶洶。一個被情慾襲捲的人，他缺乏耐心。他的行為急躁，難以斂守，他只想衝到他所慾求的對象面前，要求彼此的獻身。幾乎是怒氣沖沖地。

愛情能夠保守。情慾不行。

情慾絕對寡廉鮮恥。他的動機最膚淺不過：他只想要被滿足。專心一致，意志堅強。任何時間，任何地點，任何方式，他無所謂。藏在太陽陰影下的幽暗門廊，地面鋪滿枯枝的林子裡，灑滿無情月光的冰冷沙灘，甚至隔間狹窄、日光燈一閃一閃的辦公室茶水間，情慾說要就要。任性而霸道。不考慮情面，不講究輿論，不理會明天的太陽從何方升起。情慾沒有未來。

愛情或許有資格談永恆。情慾沒有。

因為情慾跟身體有關。與青春的生殖力密不可分。唯有一個人的生命還有氣力時，他才會牽扯情慾。然，生命是一項不可靠的物品，會衰敗，腐朽，發出臭味，逐漸氧化、分解，最後消失。相較於高級的抽象精神價值，情慾如此庸俗，如此腳踏實地，如此卑劣，以至於它喪失了生命結束後也能繼續存在的可能性。它不能脫離凡間，不能超越生命。當那具可供尋歡的身體消失不見時，情慾就會蒸發。當一個人傷感青春的消逝，他哭泣的原因不是因為他失去愛人的能力與被愛的權利，卻是他尋不回情慾的衝動。他思念那種感覺：他的身體與其他的身體互相渴求到幾乎發疼的地步。

愛情會容忍拒絕。情慾不會。因為它不懂堅忍的意義，不希罕理智，不欣賞謹慎，不明白拖延的目的。它要你。現在。

悲劇

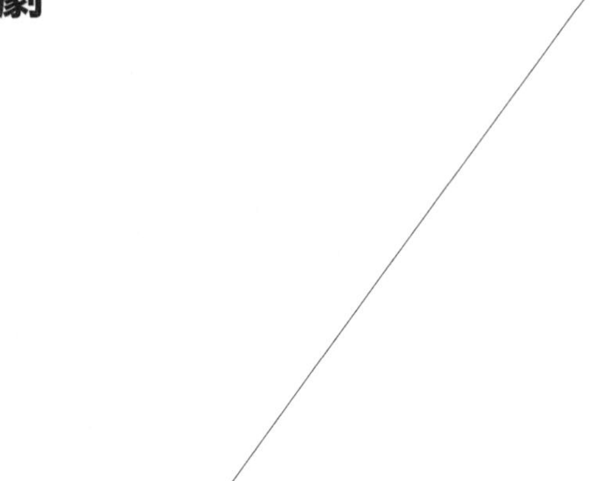

Tragedy

對於悲劇，人們總是抱持高度興趣，而對閱讀幸福感到興致缺缺。越曲折離奇的人生，越令一個人的眼眸發光。

幸福，是個永恆的夢想。也，應該永遠保持為一個夢想。我們想知道如何追求幸福，如何在幸福幻滅之後生存下去，卻對真正的幸福不耐，覺得索然。一對炫耀幸福的情侶老讓人覺得發噱，有一個容光煥發的女人在場教旁人覺得有一點點不自在，而生活從來不起波瀾的傢伙則令人發悶。所有故事總是在幸福離開之後開始，在達到幸福之前結束。沒有正處於幸福中間狀態的故事。作家不懂得怎麼書寫快樂，因為一個人不可能用瑰麗的文字去闡述一道無色無味的白光。悲慘卻會引發無限情緒、心境、感情、五味雜陳，供人午夜夢迴不斷咀嚼，思考，想像。在悲慘之中，每個人都有很多話要表達。那個時刻，沒有人不恍然大悟自己的身體裡多年來其實一直沉睡著一個偉大哲學家的靈魂。

悲劇引發淚水。幾千年，一整個民族堅信眼淚能淨化人類的靈魂。因為，在哭泣之後，有那麼一會兒，你整個人被抽空，沒有了忌妒、憐惜、

忿恨、痛苦，你只有疲倦。而疲倦是某種失去慾望的平靜。我哪兒也不去。怎麼，也動不了。那，幾乎，也能算是一種想像中的幸福。似乎，還，更純淨些，因為那不是一種得來輕易的狀態，而是經過嚴酷考驗的認證。不是任何人都能夠達到的境界。擁有悲劇經驗後才獲致幸福的人，就像通過高等考試的優等生，理應得到適當的讚美與欣羨的目光。他們在人群之中的地位是那麼特別。

那麼，出生在幸福年代的一群，人生最嚴酷的測試竟不是跨越幸福與自己之間的遙遠距離，而是如何灑上一些悲劇性的香水，可以讓自己聞上去稍稍與眾不同。他們對自己的生活閉口不言。神情痛苦。因為他們無法口沫橫飛地誇耀自己的不幸。沒有人對他們有興趣。因為，他們太幸福，不應該說什麼。讓那些受苦的靈魂先發言吧。唯有體認疾苦的人才明瞭自己在說些什麼。從來沒有在叢林部落儀式中赤足踏過碎玻璃的旅人，哪有什麼了不起的旅遊故事好在漫長冬夜供人消遣。

於是，他們哭哭啼啼。那一群號稱世上最最幸福的人。哭得像個孩子

似的。而，他們最痛恨的，莫過於別人把他們當作不經人事、不長人智的孩童。可是，你能拿他們怎麼辦呢？當你看著他們拿一根細針去戳弄自己的拇指、一臉最難受的表情時，你只是無聊地伸手抓抓你頭頂即將禿光的毛髮。你想要目睹悲劇。不是幸福。

幸福讓你全身神經發睏。幸福沒有懸疑，沒有線索，沒有轉折，沒有未來，沒有希望，因為沒有一個正常人會盼望它結束。幸福只能開始。而且保持不變。幸福是這麼健康快樂，你竟不知道如何對它付出關心。無從下手。

大部分的人只能背起手，眼睜睜看著幸福慢慢消失，然後，悄悄，鬆一口氣。因為，從此，社會容許他們專心地自憐了。

良知

Conscience

良知是一種莫名激情。後天教育或許有點影響，更多時候，完全來路不明。當下，你站在十字路口，你全部的情感與理智都告訴你應該向左轉，要向左轉，不能不向左轉。一個憑空而來的靈感卻說，不，得向右走。無中生有。它的理由很簡單：你不能這麼做。你就是不能。其實，也算是根本沒有理由。那是個直覺。更是種命令。並不讓你有商量的空間，或討價還價的行為。它只是直接而乾脆地要求你。挾持你。把你的心一把揪住，緊緊地，不讓你呼吸。幾乎就像是快速墮入愛河、或由高空突然墜落的感覺。你的膝蓋發軟，心跳停止。尖叫發不出聲音。你必須妥協。

為什麼？你想提出抗議。顯然，那是一個無法獲致任何好處的決定。你看著左邊的風景：一條鋪整乾淨的道路，以美麗弧線蜿蜒進入山邊的森林，經過悅目宜人的建築物，少許人們悠閒地漫步，笑聲清晰而溫柔地傳進你耳裡，更遠處，有湖有山，白色雲朵低低地掠過湛藍天空的邊緣。而右邊，你的右邊，那是一幅畫家筆下的地獄景色：飢餓與貧窮作鄰居，抬起黝黑乾枯的臉孔，他如此瘦，因而突出的眼球似乎都要從眼窩隆裡掉出

來。房子猥瑣而不起眼，街道髒亂而擁擠，黑霧瀰漫，從這頭只能見到十公尺遠，視線就遭到了截斷。你聽不見任何人聲，只有機械的運動。

你怎麼可能向右轉。你想。不，你其實不是這麼想。你其實想的是，不行，我得向右轉。

良知無法解釋。比於心不忍的層次更複雜。它像身上的盲腸，是一個無用的器官，不幫你消化，不助你呼吸，不會令你在做愛時更興奮，也不會教你跑步速度加快。它沒有功能，卻在關鍵時刻發疼起來，快要致命的地步。它的存在，似乎只是為了妨礙你。不讓你稱心如意。

良知使人抓狂。喪失常識判斷。像一個過度發熱的戀人，做出極不利己的事情，只為了一點點取悅別人的慾望。是的，那是無法解釋的慾望而已。一個念頭。它甚至算不上什麼動機。它只是一個正在潰爛中的盲腸，逼使你彎腰，呻吟，表示投降。你這麼做，因為你知道這是唯一止痛的方法。

很多人厭惡良知，於是很年輕時就決定去掉良知。如同開刀切除盲

腸，來個一勞永逸。他們以為這種手術簡單、方便，又像天花接種一般能一生免疫。從此，晚間能睡覺，白天能吃飯，該轉彎時都不再猶豫。直到一天，他們早已切割的器官卻在同一個位置發痛，如斷指的主人老是有個幻覺，他們還能使用那些消失的指頭。那股劇痛如此真實，他們不得不同意當時的手術實在不夠高明。同時，他們彎下了腰，在地上蹲了一會兒，然後，艱難地，慢慢，往右邊方向移動。

失而復得

Lost, Regained

習慣失去，似乎應該是正確的生活哲學。現代人甚至勇於失去，沒有拋棄的動作，就像是早晨起床沒有刷牙，總是覺得嘴裡乾燥，發臭，殘留著昨夜的夢境，因而無法打起精神，好好開始新的一天。

你不能不認為活著就是要懂得捨棄。破了洞的襪子，過了賞味期限的糕點，壞了氣味的愛情，失了興頭的工作，舊了顏色的手機，每天，你都在做決定：該不該，要不要，想不想，就丟掉算了？

生命是一輛向前行駛的夜間公車。人或物，總是上上下下，來來去去。一會兒一個大行李箱被抬下去，一會兒一輛自行車被搬上來，一會兒一把花被遺落，一會兒一隻童鞋被拾走。有人會想盡辦法用立可白修正液在最後一排座位椅背後面寫下情人的名字，或自己的電話號碼；有人會小心翼翼帶走所有物品，避免留下任何痕跡。有人會陷入熟睡，口水慢慢從張開的口流下；有人會一路睜著一雙警覺的眼睛，好像準備隨時跳車。而窗外的夜，永遠一徑地憂鬱沉黑。你學會坐在你自己的座位上。安安靜靜。被動地讓別人侵入你的空車廂，又讓他們自由離去。你沒有那麼多淚水，也

慢慢喪失了那份多愁善感的心思。你冷眼觀看。你接受，生命不過就這回事。

所有人都在告訴你學習失落是乘坐生命這輛公車的關鍵車票。他們告訴你，一旦，過了站，就不要再回頭。無論如何，你要繼續向前奔馳。所以，當一個剛剛才在幾站前下車的人，又在下一站上車時，你一時反應不過來。你不曉得要綻放帶淚的笑顏，還是擺上記仇的表情，或乾脆裝作沒看見。

失而復得，未必是驚喜。有時，卻是一種生命情境的悵然。它違反了現代人自以為聰明的世故邏輯。它代表了生命不是那麼絕對地無情，因為生命並沒有只取不給；同時，生命又是那麼極端地殘酷，因為它老是在開你玩笑。

你沉吟。你比當初更不知道該怎麼決定。凡事第一次發生時，總是好的，令人驚喜的，有趣的，有點神秘的，感覺很刺激的。當同樣事情發生第二次時，人類喜新厭舊的個性，就會令他露出意興闌珊的疲態，啟動他

善於算計的狡猾心智。他說他學過一次乖。他現在要把過去的經驗當作一個教訓。他聽見，自己心裡計算機的熱鬧響聲。

我懷疑，人們其實喜歡失去，更勝過獲得。雖然我們總是花最多的力氣在哀傷和嘆氣。我們之所以如此，無非，可以藉口生命的不得不，來逃避為自己做決定。失而復得，於是，不是喜悅，僅僅是再度提醒了抉擇的困境。

我

“I”

我，只是個角色。

我不再是我，而是你以為的我，眾人期盼看見的我，換言之，社會眼中的我。我藏在一堆角色之後：一個朋友，一個父親，一個女人，一個屬下，一個店員，一個詩人，一個讀者，一名妓女。當我提到我，那不是我，而是我想要你認識的我。我滿足你的期待，以換取社會的認可，所以，我能被當作一個極其不起眼的正常人，而從你的監視下溜走。我之所以成為那個你意識中的我，因為，我需要你放我一馬。

我不想你監督我，我不想你注意我。那個真正的我。渴望悄悄進行一個安靜而實際的人生。卻，又總是在做一件事情之時不斷吶喊著，提出被認知的需求。而，那是多麼無理的要求。我如何能冀望對社會忠實的同時，還能繼續保持對自我的誠懇。

這中間的矛盾，在於角色的多重性。身為一個現代人，對於自我角色分歧已經習以為常。我明白，我，雖然是我，出現在不同場合，都有一個清楚明確的框架將會界定我出場的方式。那是：我的身分；我的位置；

我的地位。我習慣把在社會上行走的自己與內在真正承認的自我分開，就像把髒衣服放進洗衣機滾洗之前，先將淺色衣物與深色衣物分開。毫不混淆。根據嚴格的醫學定義，每一個現代人恐怕都是嚴重的精神病患。因為，我們相信的自己，往往跟那個我們欲呈現的自己，不但可能八竿子打不著，還相互扞格。但，沒有人因此求醫。我們活得再舒適不過。

甚至，那是一種便利。讓我沒有罪惡感地從一個生活情境滑溜到另一個生活情境，比一條水蛇活動更靈敏。我不覺得矛盾。不需要掙扎。不以為痛苦。我知道我在扮演我的角色。我的角色演得越好，我所獲得的自由更大。因為，人們將不再深究我到底發生了什麼事。他們會接受我的角色，就像接受一張椅子擺在客廳裡一樣，沒有質疑。他們將習以為常，以至於他們忘了去進一步研究我。他們對我失去興趣。我因此而保有了我。

真我是一種新興的隱私概念。需要保護，害怕干擾。越低調的自我，越不用擔心外界的壓力。真我可以自由去度假，去打球，去閱讀，去約會，去睡覺。無人理會。角色則不斷受到檢驗。社會如此注重每一個人的功能，

為了確保所有人佔有的空間都公平而有益，防止有人想要破壞這種表面的和諧，它深深期望每個人都能堅守他們的角色。不要踰矩。

真我是私事。只要我自己知道就行。說什麼懺情，無非也是在為社會演戲。而已。

15 周年紀念版

15th Anniversary Edition

濫情者

作者｜胡晴舫

總編輯｜富察

責任編輯｜洪源鴻

行銷企劃總監｜蔡慧華

封面設計｜ Rivers Yang × Aaron Nieh at 永真急制

內頁排版｜虎稿・薛偉成

出版｜八旗文化／遠足文化事業股份有限公司

發行｜遠足文化事業股份有限公司

（讀書共和國出版集團）

地址｜新北市新店區民權路 108-2 號 9 樓

客服專線｜ 0800-221029

信箱｜ gusa0601@gmail.com

傳真｜ 02-22188057

Facebook ｜ facebook.com/gusapublishing

法律顧問｜華洋法律事務所／蘇文生律師

印刷｜成陽印刷股份有限公司

出版｜ 2017 年 9 月　初版一刷

2024 年 4 月　初版三刷

定價｜ 350 元

The Sentimentalist

國家圖書館出版品
預行編目（CIP）資料

國家圖書館出版品預行編目（CIP）資料

濫情者（15 周年紀念版）／胡晴舫著／二版／新北市／
八旗文化出版／遠足文化發行／ 2017.09
ISBN 978-986-95168-5-3（平裝）

855　　106014126